電車で行こう！

東武特急リバティで行く、さくら舞う歴史旅！

豊田 巧・作
裕龍ながれ・絵

集英社みらい文庫

目次《もくじ》

高橋雄太《たかはしゆうた》
電車《でんしゃ》に乗《の》るのが大《だい》好《す》きな小学五年生《しょうがくごねんせい》。T3《ティースリー》のリーダー
的場大樹《まとばたいき》
電車《でんしゃ》のデータのことならなんでもおまかせ！T3《ティースリー》の頭脳《ずのう》
小笠原未来《おがさわらみらい》
電車《でんしゃ》の写真《しゃしん》を撮《と》るのが大好《だいす》き。スポーツ万能《ばんのう》の女《おんな》の子《こ》

佐川《さがわ》さん
アイドルグループ『F5《エファ》』のマネージャー。電車《でんしゃ》好《す》き?
遠藤《えんどう》さん
旅行会社《りょこうがいしゃ》エンドートラベルの社長《しゃちょう》で、駅弁《えきべん》が大好《だいす》き
森川《もりかわ》さくら
世界《せかい》を目指《めざ》すスーパーアイドルで、T3《ティースリー》特別《とくべつ》メンバー
河合航《かわいこう》
歴史《れきし》が大好《だいす》きな小学五年生《しょうがくごねんせい》。でも鉄道《てつどう》にも興味《きょうみ》アリ
今野七海《こんのななみ》
電車《でんしゃ》に興味津々《きょうみしんしん》。アテンダントにあこがれるお嬢《じょう》さま

1 さくらの中《なか》での出《で》会《あ》い

サラサラサラサラサラサラ……。

風《かぜ》が吹《ふ》くたびに、ピンクの花《はな》びらが空《そら》から舞《ま》い降《お》りてくる。

日差《ひざ》しは温《あたた》かいけれど、風《かぜ》はまだちょっと冷《つめ》たい。

上野公園《うえのこうえん》は桜《さくら》が満開《まんかい》で、まるでピンクの雲《くも》の中《なか》にいるみたい。

今日《きょう》、僕《ぼく》らT3《ティースリー》は上野駅《うえのえき》からすぐの上野公園《うえのこうえん》にお花見《はなみ》に来《き》たんだ。

T3《ティースリー》は、新横浜《しんよこはま》にある旅行会社《りょこうがいしゃ》、エンドートラベルの社長《しゃちょう》・遠藤大介《えんどうだいすけ》さんが作《つく》った、小《しょう》学生《がくせい》が電車《でんしゃ》で旅行《りょこう》するチーム『Train Travel Team』《トレイン・トラベル・チーム》のこと。

頭文字《かしらもじ》のT《ティー》が三《みっ》つあるので、略《りゃく》してT3《ティースリー》と呼《よ》んでいる。

T3《ティースリー》のメンバーは全員小学五年生《ぜんいんしょうがくごねんせい》。

電車《でんしゃ》に乗《の》っているのが大好《だいす》きな乗《の》り鉄《てつ》の僕《ぼく》、高橋雄太《たかはしゆうた》。

いつも大《おお》きな時刻表《じこくひょう》を持《も》ち歩《ある》いている時刻表鉄《じこくひょうてつ》の、的場大樹《まとばたいき》。

首《くび》にかけた大《おお》きなカメラで電車《でんしゃ》を撮《と》るのが大好《だいす》きな、小笠原未来《おがさわらみらい》。

そして、鉄道初心者《てつどうしょしんしゃ》でお嬢《じょう》さまの、今野七海《こんのななみ》。

T3《ティースリー》のメンバーはこの四人《よにん》で……いや、あともう一人《ひとり》……。

僕《ぼく》らがお花見《はなみ》にやってきた上野公園《うえのこうえん》には、西郷隆盛《さいごうたかもり》の銅像《どうぞう》がある。薩摩藩士《さつまはんし》・西郷隆盛《さいごうたかもり》は、明治維新《めいじいしん》をなしとげた一人《ひとり》として有名《ゆうめい》だよね。

レジャーシートを広《ひろ》げた僕《ぼく》らは、遠藤《えんどう》さんが大量《たいりょう》に持《も》ってきてくれた駅弁《えきべん》を食《た》べながら、咲《さ》き誇《ほこ》る桜《さくら》の花《はな》を見上《みあ》げた。

「ちょうど今日《きょう》が満開《まんかい》なんて本当《ほんとう》にラッキー……きれいねぇ」

七海《ななみ》ちゃんは胸《むね》の前《まえ》で両手《りょうて》を合《あ》わせながら、うっとりとつぶやいた。

大樹《たいき》の広《ひろ》げていた時刻表《じこくひょう》に、花《はな》びらが一枚《まい》はらはらと舞《ま》い落《お》ちる。

「咲《さ》いたかと思《おも》うと……もう……」

「桜《さくら》って、いっせいに咲《さ》いて、満開《まんかい》と思《おも》った瞬間《しゅんかん》から花《はな》びらを散《ち》らすの。そのはかなさもイインだよね〜。一瞬《いっしゅん》だって見逃《みのが》したくなくなっちゃう」

珍《めずら》しく電車《でんしゃ》以外《いがい》のものにレンズを向《む》けた未来《みらい》は、カシャリとシャッターを切《き》った。

今日《きょう》は、遠藤《えんどう》さんと、アイドルグループ『F5《エファ》』のマネージャーさんである佐川《さがわ》さんも一緒《いっしょ》だ。マネージャーっていうのは、タレントさんなんかのスケジュールや健康《けんこう》を管理《かんり》して、お仕事《しごと》がうまくいくように調整《ちょうせい》をする人《ひと》のことだよ。

「桜《さくら》の木《き》の下《した》で食《た》べる駅弁《えきべん》は、また格別《かくべつ》の味《あじ》ですね、佐川《さがわ》さん」

「本当《ほんとう》ですね、大介《だいすけ》さん。きれいな桜《さくら》を見上《みあ》げながら、駅弁《えきべん》をご一緒《いっしょ》できるなんて、すごくうれしいですね〜」

実《じつ》はF5《エファ》のメンバーのひとり、スーパーアイドルの森川《もりかわ》さくらちゃんが、T3《ティースリー》の特別《とくべつ》メンバーなんだ。

だから、佐川《さがわ》さんも僕《ぼく》らと一緒《いっしょ》に旅行《りょこう》に出《で》ることがあって、いつの間《ま》にか佐川《さがわ》さんと遠藤《えんどう》さんはとても親《した》しくなってたみたい。

今回《こんかい》、T3《ティースリー》で花見《はなみ》へ行《い》くことを知《し》った佐川《さがわ》さんが遠藤《えんどう》さんに、「私《わたし》もご一緒《いっしょ》させてもらっていいですか？」と言《い》い、「もちろん、大歓迎《だいかんげい》です。ぜひぜひ」となって、メンバーに加《くわ》わったというわけ。

お仕事《しごと》の時《とき》の佐川《さがわ》さんはキリリとした黒縁《くろぶち》メガネをかけ、地味《じみ》なスーツ姿《すがた》だけど、僕《ぼく》らと出《で》かける時《とき》はメガネではなくコンタクトにして、かわいい服《ふく》を着《き》てくる。

今日《きょう》はペールピンクのセーターにオフホワイトのワイドパンツを格好良《かっこうよ》く着《き》こなしていて、佐川《さがわ》さんも桜《さくら》の花《はな》みたいな感《かん》じ。

肝心《かんじん》のさくらちゃんはというと、世界的女優《せかいてきじょゆう》を目指《めざ》すために、今《いま》はアメリカに行《い》っている。ハリウッド映画《えいが》に挑戦中《ちょうせんちゅう》なんだよ。

僕《ぼく》らはまだ駅弁《えきべん》を食《た》べている途中《とちゅう》なのに、遠藤《えんどう》さんはいつの間《ま》にか二《ふた》つ目《め》の駅弁《えきべん》を食《た》べ終《お》え、三《みっ》つ目《め》の駅弁《えきべん》『鳥《とり》めし』を取《と》り出《だ》した。

太《ふと》い指《ゆび》で、掛《か》け紙《がみ》を慎重《しんちょう》にとり外《はず》し、きちっと折《お》り畳《たた》み、バッグにしまう。駅弁《えきべん》が大好《だいす》きな駅弁鉄《えきべんてつ》でもある遠藤《えんどう》さんは、駅弁《えきべん》の掛《か》け紙《がみ》をコレクションしているんだ。

佐川《さがわ》さんはケータイを取《と》り出《だ》して、カメラを桜《さくら》の木《き》へ向《む》けた。

「日本《にほん》の桜《さくら》を、さくらにも送《おく》ってあげようかな」

「いいですね。きっと喜《よろこ》んでくれますよ、さくらちゃん」

右手《みぎて》をクイと伸《の》ばす佐川《さがわ》さんを見《み》ながら、遠藤《えんどう》さんはウンウンとうなずく。

カシャリとシャッターを切《き》る音《おと》がした。

思《おも》わず僕《ぼく》の口《くち》から、はぁ〜っと長《なが》いため息《いき》がもれ出《で》た。

「どうしたんだ、雄太《ゆうた》。さっきから黙《だま》りこんで。なんだか元気《げんき》がないような……」

大樹《たいき》が心配《しんぱい》そうに見《み》つめてくる。僕《ぼく》はうつむいたままつぶやいた。

「たぶん、届《とど》かないと思《おも》う。さくらちゃんには……」

画像《がぞう》をさくらちゃんにメールしようとしていた佐川《さがわ》さんが、はっと振《ふ》り返《かえ》る。

「届《とど》かないって……どういうこと？」

「最近《さいきん》、さくらちゃんからの返信《へんしん》がまったくなくて……」

僕《ぼく》はケータイを出《だ》して、メール記録《きろく》をみんなに見《み》せた。

画面《がめん》には僕《ぼく》から送《おく》ったメッセージだけが、ずらっと並《なら》んでいる。

さくらちゃんからの返信《へんしん》は、一《いっ》か月《げつ》ほど前《まえ》から一《ひと》つもない。

僕《ぼく》のメッセージを読《よ》んでくれていれば「既読《きどく》」ってつくのに、すべて「未読《みどく》」のままだ。

「……どうしたのかしら。私《わたし》も忙《いそが》しくて、最近《さいきん》さくらと連絡《れんらく》をとっていなかったから……」

「前《まえ》は、すぐに返信《へんしん》をくれたんだけどなぁ……」

「ハリウッドの仕事《しごと》が、今《いま》、すごく忙《いそが》しいんじゃない？」

未来《みらい》は僕《ぼく》の顔《かお》をのぞきこみ、励《はげ》ますように肩《かた》をぽんとたたく。

「きっとそうだよ。映画《えいが》の仕事《しごと》が入《はい》ったら、一年《ねん》以上《いじょう》拘束《こうそく》されるって聞《き》くしな」

大樹《たいき》が僕《ぼく》の目《め》を見《み》てうなずいた。

「僕《ぼく》も最初《さいしょ》は〝忙《いそが》しいのかなぁ〟と思《おも》っていたんだけどさ〜」

ケータイを操作《そうさ》して、今度《こんど》はインターネットブラウザを開《ひら》き、検索《けんさく》サイトで「森川《もりかわ》さくら　アメリカ　最近《さいきん》」と打《う》ち、検索《けんさく》をかける。

すると、画面《がめん》には……

【元《もと》スーパーアイドル森川《もりかわ》さくら　アメリカで仕事《しごと》を大失敗《だいしっぱい》か!?】

【日本《にほん》から連絡《れんらく》が一切《いっさい》取《と》れない！　森川《もりかわ》さくらは、今《いま》、どこで何《なに》をしている!?】

【ハリウッドからは『現在《げんざい》、行方不明《ゆくえふめい》』との情報《じょうほう》も!?】

ウソとも本当《ほんとう》ともわからないサイトがズラリと出《で》てきた。

佐川《さがわ》さんの目《め》が大《おお》きく見開《みひら》かれた。

「何《なに》か聞《き》いていませんか？　佐川《さがわ》さん」

佐川《さがわ》さんは首《くび》を横《よこ》に振《ふ》った。

「アメリカのマネージメントは、現地《げんち》のエージェント会社《がいしゃ》にまかせているの。だから、うちの事務所《じむしょ》には情報《じょうほう》がほとんど入《はい》ってこないのよ……」

「そうですか……」

僕《ぼく》の口《くち》からまた、ため息《いき》がもれ出《で》た。

僕《ぼく》がイマイチ、明《あか》るい気分《きぶん》になれないのは、このせいなんだ。

だって「さくらちゃんが行方不明《ゆくえふめい》」なんて書《か》かれているんだよ。

その上《うえ》、何通《なんつう》メールを送《おく》っても、既読《きどく》にさえならないなんて……。

僕《ぼく》はさくらちゃんのことが心配《しんぱい》で仕方《しかた》ない。

七海《ななみ》ちゃんは真剣《しんけん》な顔《かお》ではげますように言《い》う。

「こんないい加減《かげん》なネット情報《じょうほう》に惑《まど》わされちゃダメよ、雄太君《ゆうたくん》！」

「七海《ななみ》ちゃん……」

「だって私《わたし》たちは鉄《てつ》トモで、さくらちゃんは大切《たいせつ》なT3《ティースリー》の特別《とくべつ》メンバーなんだから」

七海《ななみ》ちゃんがうなずいてから続《つづ》ける。


「だから、私《わたし》たちはさくらちゃんを信《しん》じて待《ま》ってあげなきゃ！」


大樹《たいき》、未来《みらい》、遠藤《えんどう》さん、佐川《さがわ》さんがうなずき、僕《ぼく》をじっと見《み》つめた。

「そうだよね。僕《ぼく》たちはさくらちゃんを信《しん》じなきゃ……」

僕《ぼく》が微笑《ほほえ》むと佐川《さがわ》さんはやさしく笑《わら》いかける。

「きっと大丈夫《だいじょうぶ》よ、雄太君《ゆうたくん》。もし、そんな大変《たいへん》なことが起《お》きているなら、日本《にほん》の事務所《じむしょ》にも連絡《れんらく》が入《はい》るはずだから……」

それを聞《き》いて、僕《ぼく》は少《すこ》しだけほっとした。

「きっと、さくらちゃんは元気《げんき》にしていますよねっ！」

「ええ。もしかしたら連絡《れんらく》ができない、何《なに》か特別《とくべつ》な理由《りゆう》があるのかもしれないし」

「そうですよね」

きっと、お仕事《しごと》をがんばっているんだ！　さくらちゃん。

そう信《しん》じて待《ま》つしかない。

だから、僕《ぼく》も元気《げんき》を出《だ》さなくちゃ！

そう思《おも》った時《とき》に、男《おとこ》の子《こ》の大《おお》きな声《こえ》がすぐ近《ちか》くで聞《き》こえた。

「あれ～？　上野寛永寺《うえのかんえいじ》って……上野公園《うえのこうえん》の近《ちか》くじゃないのかぁ～」

かんえいじ？　なんだそりゃ？

ぶ厚《あつ》い本《ほん》を広《ひろ》げた男《おとこ》の子《こ》は、頭上《ずじょう》の桜《さくら》に目《め》をやりもせず、辺《あた》りをキョロキョロ見《み》まわしながら、首《くび》をひねっている。

「西郷《さいごう》さんの銅像《どうぞう》のすぐ近《ちか》くだと思《おも》ったのに……」

未来《みらい》も僕《ぼく》も頭《あたま》に「？」を浮《う》かべていたが、七海《ななみ》ちゃんはピンときたみたい。

「もしかして、戊辰戦争《ぼしんせんそう》の舞台《ぶたい》の一《ひと》つになった寛永寺《かんえいじ》のことかしら？」

「ですが、寛永寺《かんえいじ》といえば別《べつ》の場所《ばしょ》に移転《いてん》したはずですよ」

大樹《たいき》が革《かわ》の手帳《てちょう》を取《と》り出《だ》す。

「なんにしろ、彼《かれ》は困《こま》っているってことね」

未来《みらい》はそう言《い》って立《た》ち上《あ》がると、軽《かろ》やかな足《あし》どりで男《おとこ》の子《こ》を追《お》いかけて声《こえ》をかける。

「ねえ、寛永寺《かんえいじ》へ行《い》きたいの？」

男《おとこ》の子《こ》がくるりと振《ふ》り返《かえ》った。

つぶらな瞳《ひとみ》が輝《かがや》いている。僕《ぼく》らと同《おな》じ学年《がくねん》くらいの感《かん》じの男《おとこ》の子《こ》だ。

「そうなんだよ。寛永寺《かんえいじ》を探《さが》しているんだけど……」

男《おとこ》の子《こ》は今《いま》、明治維新《めいじいしん》の時《とき》に起《お》きた戊辰戦争《ぼしんせんそう》のことを勉強《べんきょう》しているという。

「この辺《あた》りにあった寛永寺《かんえいじ》に、彰義隊《しょうぎたい》といわれる旧幕府軍《きゅうばくふぐん》が立《た》て籠《こ》もって、薩摩藩《さつまはん》と長州藩《ちょうしゅうはん》を中心《ちゅうしん》とする新政府軍《しんせいふぐん》と『上野戦争《うえのせんそう》』という戦《たたか》いをしたって、この本《ほん》に書《か》いてあるんだけど――」

表紙《ひょうし》に「明治維新《めいじいしん》」と書《か》かれた本《ほん》を見《み》ながら、男《おとこ》の子《こ》は一所懸命《いっしょけんめい》に話《はな》す。

うわぁ、そんなに歴史《れきし》にくわしいなんて～。僕《ぼく》は感心《かんしん》してしまった。

「まぁ、立《た》ち話《ばなし》もなんだから、座《すわ》ったらどうだい？」

遠藤《えんどう》さんにすすめられて、男《おとこ》の子《こ》は僕《ぼく》らの前《まえ》に腰《こし》をおろす。

すかさず未来《みらい》が口《くち》を開《ひら》いた。

「私《わたし》は小笠原未来《おがさわらみらい》。ここに集《あつ》まっているのは電車《でんしゃ》が好《す》きなメンバーなの」

未来《みらい》のいいところは、誰《だれ》とでもすぐに友《とも》だちになれるところ。

「へぇ〜みんなは電車《でんしゃ》が好《す》きなんだね。僕《ぼく》は河合航《かわいこう》、歴史《れきし》が大好《だいす》きなんだ！」

未来《みらい》は僕《ぼく》らを指差《ゆびさ》しながら、次々《つぎつぎ》と航君《こうくん》に紹介《しょうかい》する。

「こっちから雄太《ゆうた》、七海《ななみ》ちゃん、大樹君《たいきくん》。そして、遠藤《えんどう》さんと佐川《さがわ》さんね」

航君《こうくん》はていねいに「よろしく」と頭《あたま》を下《さ》げた。

大樹《たいき》は革《かわ》の手帳《てちょう》に目《め》を走《はし》らせた。大樹《たいき》はどこかに出《で》かける時《とき》には必《かなら》ず前《まえ》もって目的《もくてき》の場《ば》所《しょ》に関《かん》することなどを調《しら》べ、この手帳《てちょう》に細《こま》かく書《か》きこんでくるんだ。

「寛永寺《かんえいじ》のことなのですが、昔《むかし》はこの上野公園一帯《うえのこうえんいったい》も境内《けいだい》だったようです。けれど上野戦《うえのせん》争《そう》で寛永寺《かんえいじ》の建物《たてもの》は焼《や》けてしまい、そのうえ彰義隊《しょうぎたい》をかくまったとしてすべての境内地《けいだいち》が没収《ぼっしゅう》されたみたいです。明治時代《めいじじだい》に10分《ぶん》の1ほど返還《へんかん》されたものの、寛永寺《かんえいじ》は今《いま》は上野《うえの》ではなく鶯谷《うぐいすだに》の近《ちか》くにあるようですよ」

さすが大樹《たいき》！　花見《はなみ》だというのに、上野《うえの》の歴史《れきし》までキッチリ調《しら》べてきたんだ。

「えっ!?　そうなの？」

歴史《れきし》好《ず》きの航君《こうくん》も驚《おどろ》いたように、大樹《たいき》を見《み》つめている。

「上野公園《うえのこうえん》を国立科学博物館《こくりつかがくはくぶつかん》の方向《ほうこう》へ抜《ぬ》けて、東京国立博物館《とうきょうこくりつはくぶつかん》を回《まわ》りこむように歩《ある》いていくと、その先《さき》にあるはずです」

大樹《たいき》が公園《こうえん》の奥《おく》を指差《ゆびさ》しながら言《い》うと、航君《こうくん》は笑顔《えがお》で大樹《たいき》の手《て》をつかんだ。

「ありがとう！　助《たす》かったよ。大樹君《たいきくん》も歴史好《れきしず》きなんだね！」

「いえ、これは……その……常識《じょうしき》の範囲《はんい》ですので」

照《て》れている大樹《たいき》に、僕《ぼく》は心《こころ》の中《なか》で突《つ》っこんでおく。

そんなの小学生《しょうがくせい》の常識《じょうしき》の範囲内《はんいない》じゃないよ！

航君《こうくん》は立《た》ち上《あ》がろうとして、何《なに》かを思《おも》いついたような表情《ひょうじょう》で止《と》まった。それから、ぽんと手《て》を打《う》ち、僕《ぼく》らの顔《かお》をじっと見渡《みわた》す。

「あの……電車好《でんしゃず》きってことは……大樹君《たいきくん》たちは電車《でんしゃ》にくわしいってことだよね!?」

そこは僕《ぼく》が代表《だいひょう》して胸《むね》を張《は》って答《こた》えた。

「もちろん！　僕《ぼく》らはT3《ティースリー》だから！」

「実《じつ》は……お願《ねが》いがあるんだけど！」

『お願《ねが》い？』

「電車《でんしゃ》のことなんだけど……」

『電車《でんしゃ》のこと？』

僕《ぼく》らT3《ティースリー》のメンバーは鉄道《てつどう》のことで困《こま》っている人《ひと》を見過《みす》ごせない。

みんな前《まえ》のめりになって聞《き》き返《かえ》す。

航君《こうくん》はコクリとうなずいてから、ゆっくりと話《はな》し出《だ》した。

「新《あたら》しい世《よ》の中《なか》を作《つく》ろうとする新政府軍《しんせいふぐん》と、幕府《ばくふ》の世《よ》を守《まも》り通《とお》そうとした旧幕府軍《きゅうばくふぐん》の戦《たたか》いは、ここ上野《うえの》のあと、会津若松《あいづわかまつ》に移《うつ》ったんだ。『会津戦争《あいづせんそう》』という本当《ほんとう》に大《おお》きな戦《たたか》いがあった会津若松《あいづわかまつ》では、ゴールデンウィークに『会津桜《あいづさくら》まつり』というイベントをやっていて。そこで、毎年《まいとし》、歴史《れきし》にくわしい僕《ぼく》のおじいちゃんが台本《だいほん》を書《か》いて、特設舞台《とくせつぶたい》で小学生《しょうがくせい》だけで会津戦争《あいづせんそう》の劇《げき》をやっているんだ」

「へぇ〜小学生《しょうがくせい》だけで会津戦争《あいづせんそう》の劇《げき》をするの？　すごぉい！」

お芝居《しばい》やミュージカルが大好《だいす》きな七海《ななみ》ちゃんが、航君《こうくん》の話《はなし》に食《く》いついた。

「歴史《れきし》ファンの僕《ぼく》としては、一度《いちど》、おじいちゃんがどんな劇《げき》を作《つく》っているのか、見《み》てみたくて。でもうちは父《とう》さんも母《かあ》さんも働《はたら》いていて、ゴールデンウィークは忙《いそが》しくて、会津《あいづ》までは連《つ》れていってもらえないんだ。僕《ぼく》が一人《ひとり》で、電車《でんしゃ》に乗《の》って会津《あいづ》まで行《い》ければいいんだけど、ちょっと自信《じしん》がないし。両親《りょうしん》も許《ゆる》してくれないと思《おも》う。でも、電車《でんしゃ》が大好《だいす》きで、電《でん》車《しゃ》のことにくわしい君《きみ》たちと一緒《いっしょ》なら、行《い》けるかもしれない。お願《ねが》い！　ゴールデンウィークに、僕《ぼく》を会津若松《あいづわかまつ》まで連《つ》れていってくれない？」

航君《こうくん》はパチンと両手《りょうて》を合《あ》わせて頭《あたま》を下《さ》げた。

「この通《とお》り！　会津若松《あいづわかまつ》ではみんな一緒《いっしょ》に、おじいちゃん家《ち》に泊《と》まればいいし。きっとおじいちゃんも大歓迎《だいかんげい》だから。お願《ねが》い！」

大樹《たいき》がさっそく時刻表《じこくひょう》の地図《ちず》のページを広《ひろ》げる。

「会津若松《あいづわかまつ》は福島県《ふくしまけん》ですか。……行《い》ってみたいですね」

「僕《ぼく》もっ！　航君《こうくん》を会津若松《あいづわかまつ》に連《つ》れていってあげたい！」

僕《ぼく》は大《おお》きくうなずいた。

『航君《こうくん》と一緒《いっしょ》に会津若松《あいづわかまつ》に行《い》ってもいいですか？』

僕《ぼく》らはいっせいに遠藤《えんどう》さんを見《み》つめた。

『遠藤《えんどう》さん！』

遠藤《えんどう》さんと佐川《さがわ》さんが微笑《ほほえ》み、顔《かお》を縦《たて》に振《ふ》る。

「T3《ティースリー》のみんなで航君《こうくん》を会津若松《あいづわかまつ》へ連《つ》れていってあげなさい」


『いえ━━━━い!!』

僕《ぼく》らはいっせいに右手《みぎて》を突《つ》き上《あ》げた。

2 T《ティー》3《スリー》、北《きた》へ！

待《ま》ちに待《ま》ったゴールデンウィークがやってきた。

目的地《もくてきち》は会津若松《あいづわかまつ》！

その日《ひ》、僕《ぼく》は最寄《もよ》り駅《えき》の橋本《はしもと》を7時《じ》39分《ふん》に出発《しゅっぱつ》する京王線新宿行準特急《けいおうせんしんじゅくいきじゅんとっきゅう》に乗《の》りこんだ。

おっ、これはちょっとラッキーかも～!!

僕《ぼく》のテンションが跳《は》ね上《あ》がる。

橋本駅《はしもとえき》2番線《ばんせん》にいた電車《でんしゃ》は、車体《しゃたい》の隅々《すみずみ》まで黄緑色《きみどりいろ》に塗《ぬ》られた通称《つうしょう》『高尾山《たかおさん》トレイン』。

高尾山《たかおさん》トレインは8000系《けい》を元《もと》にラッピングした列車《れっしゃ》で、車両《しゃりょう》の側面《そくめん》には春《はる》、夏《なつ》、秋《あき》、冬《ふゆ》と色合《いろあ》いを変《か》える高尾山《たかおさん》のイラストが描《えが》かれているんだ。

どうしてラッキーかっていうと、なんと、この高尾山《たかおさん》トレインは一編成《へんせい》しかないから！

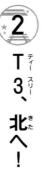

目《め》にすることだって滅多《めった》にない。そんな電車《でんしゃ》に乗《の》れるなんて最高《さいこう》だよね！

いつもだったら通勤《つうきん》・通学《つうがく》のサラリーマンや学生《がくせい》でいっぱいの時刻《じこく》だけど、今日《きょう》は土曜日《どようび》なので、座《すわ》ることができた。

橋本駅《はしもとえき》2番線《ばんせん》を発車《はっしゃ》した準特急《じゅんとっきゅう》は、南大沢《みなみおおさわ》、京王多摩《けいおうたま》センター、京王永山《けいおうながやま》、京王稲田堤《けいおういなだづつみ》、調布《ちょうふ》、千歳烏山《ちとせからすやま》、明大前《めいだいまえ》に停車《ていしゃ》する。

明大前《めいだいまえ》でプシュュと扉《とびら》が開《ひら》くと、スプリングコートを着《き》た女《おんな》の子《こ》が乗《の》りこんできた。

「おはよ――――!!　雄太君《ゆうたくん》。この電車《でんしゃ》って珍《めずら》しくない!?」

七海《ななみ》ちゃんが、かわいい声《こえ》でニコッと笑《わら》う。

鉄道《てつどう》ファンなら、この電車《でんしゃ》にはやっぱりテンションがあがっちゃうよね。

「おはよう！　七海《ななみ》ちゃん！　そうなんだよ～」

僕《ぼく》らはケータイのグループ掲示板《けいじばん》で連絡《れんらく》を取《と》りあい、乗《の》る電車《でんしゃ》を合《あ》わせたんだ。

僕《ぼく》が高尾山《たかおさん》トレインだと説明《せつめい》すると、七海《ななみ》ちゃんは「やった！」とガッツポーズをした。

今日《きょう》の七海《ななみ》ちゃんはスキニータイプのデニムパンツと白《しろ》いシャツを着《き》て、ピンクのコートをはおっている。

髪《かみ》はサイドを編《あ》みこんで後《うし》ろにまとめていて、お嬢《じょう》さまのカジュアルなお出《で》かけファッションって感《かん》じ。

僕《ぼく》の横《よこ》に座《すわ》った七海《ななみ》ちゃんは、ひざの上《うえ》に小《ちい》さめのトートバッグをトンと乗《の》せた。

「あれ〜？　七海《ななみ》ちゃん。今日《きょう》は荷物《にもつ》少《すく》ないね」

「みんなとの旅行《りょこう》にも慣《な》れて、必要《ひつよう》なものがやっとわかってきたみたい！」

七海《ななみ》ちゃんはトートバッグを持《も》ち上《あ》げてニコッと笑《わら》う。

「それはいいね。旅行中《りょこうちゅう》は荷物《にもつ》が少《すく》ないほうが疲《つか》れないもんね」

僕《ぼく》はいつも背負《せお》っている真《ま》っ赤《か》なデイパックをパンとたたいてみせた。

明大前《めいだいまえ》を出発《しゅっぱつ》した準特急《じゅんとっきゅう》は、次《つぎ》の笹塚《ささづか》に8時《じ》13分《ぷん》に到着《とうちゃく》。

僕《ぼく》らは4番線《ばんせん》に到着《とうちゃく》した準特急《じゅんとっきゅう》から、3番線《ばんせん》に停車中《ていしゃちゅう》の

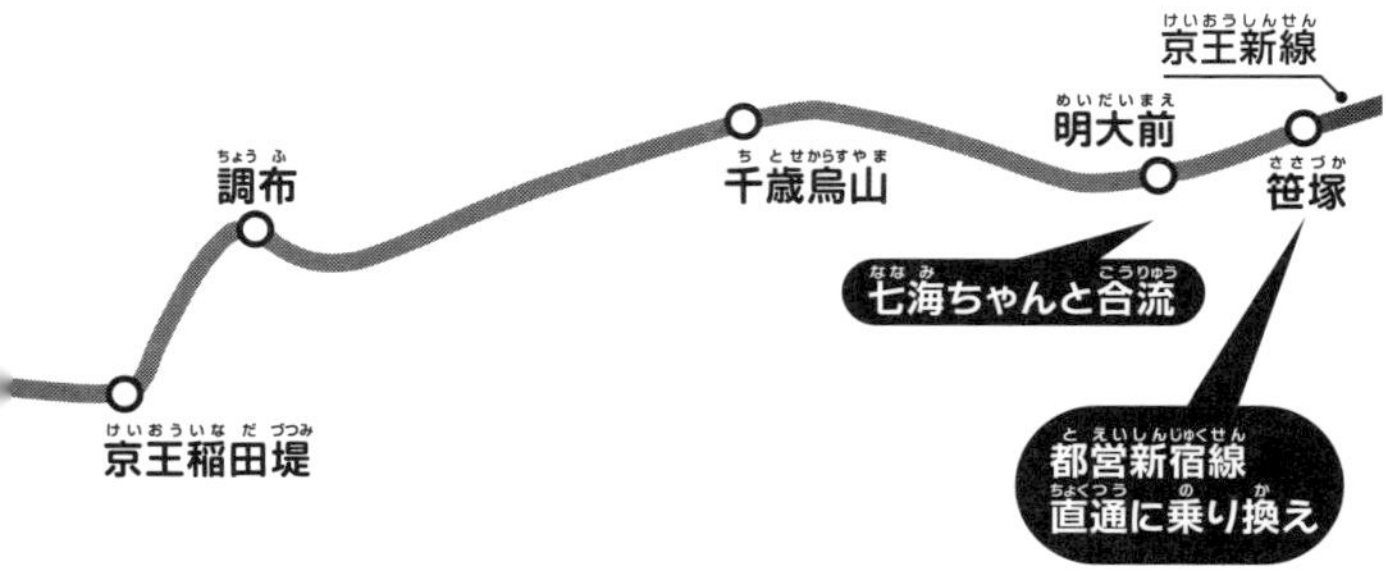

本八幡《もとやわた》行《いき》普通《ふつう》列車《れっしゃ》に乗《の》り換《か》える。

　3番線《ばんせん》の電車《でんしゃ》は銀《ぎん》の車体《しゃたい》に黄緑《きみどり》のラインの入《はい》った10ー300形《がた》。

　シートは壁《かべ》に背中《せなか》を向《む》けて座《すわ》るロングシート。座《すわ》る部分《ぶぶん》は黄緑色《きみどりいろ》で背《せ》もたれは濃《こ》い茶色《ちゃいろ》だ。

　笹塚《ささづか》からは京王新線《けいおうしんせん》を経由《けいゆ》して、都営新宿線《とえいしんじゅくせん》に入《はい》る。

　その時《とき》、八王子方面《はちおうじほうめん》のホームにやってきた電車《でんしゃ》に、僕《ぼく》らの目《め》が釘付《くぎづ》けになった。

「あれ～、京王線《けいおうせん》にあんな車両《しゃりょう》あったぁ？」

「新型《しんがた》の5000系《けい》だよっ！　座席指定特急《ざせきしていとっきゅう》『京王《けいおう》ライナー』のために投入《とうにゅう》された車両《しゃりょう》なんだ。カッコいいね!!」

「新型《しんがた》なのね。すてき！」

　ピカピカのシルバーの車体《しゃたい》にはピンクと青《あお》のラインが走《はし》っている。

京王線《けいおうせん》にも、ついに座席指定特急京王《ざせきしていとっきゅうけいおう》ライナーが誕生《たんじょう》し、そのために新《あら》たに投入《とうにゅう》されたのが5000系《けい》なんだ。

5000系《けい》には、「デュアルシート」が搭載《とうさい》されていて、昼《ひる》と夜《よる》で顔《かお》を変《か》える。昼間《ひるま》は普通車両《ふつうしゃりょう》としてロングシートで走《はし》るんだけど、夜《よる》は座席指定特急《ざせきしていとっきゅう》に変身《へんしん》！　ロングシートが分割《ぶんかつ》され、グインと回《まわ》ってクロスシートになるというわけ。

「早《はや》くクロスシートの5000系《けい》に乗《の》ってみたいなぁ～」

「あれ？　まだ雄太君《ゆうたくん》も乗《の》ったことないの？」

「座席指定《ざせきしてい》の京王《けいおう》ライナーは夜《よる》にしか走《はし》っていないからねぇ～」

「そっか～。きっと会社《かいしゃ》から帰《かえ》るお客《きゃく》さん向《む》けなんだね」

夜遅《よるおそ》くまで仕事《しごと》をして、たまにお酒《さけ》を飲《の》んで帰《かえ》ってきたりもする父《とう》さんは、もう5000系《けい》に乗《の》ったと自慢《じまん》している。

僕《ぼく》が電車《でんしゃ》に乗《の》るのは昼間《ひるま》だからなぁ。でもいつかきっと、乗《の》ってみたい！

8時《じ》14分《ぷん》に本八幡行《もとやわたいき》普通列車《ふつうれっしゃ》は笹塚《ささづか》を出発《しゅっぱつ》。すぐに地下《ちか》へと降《お》りてトンネル内《ない》を走《はし》り出《だ》す。

京王本線《けいおうほんせん》なら笹塚《ささづか》から新宿《しんじゅく》まで駅《えき》はないけど、京王新線《けいおうしんせん》は途中《とちゅう》で幡ヶ谷《はたがや》、初台《はつだい》に停車《ていしゃ》してから新線新宿駅《しんせんしんじゅくえき》に到着《とうちゃく》する。

ここは都営新宿線《とえいしんじゅくせん》につながる駅《えき》で、京王線《けいおうせん》の新宿駅《しんじゅくえき》よりも深《ふか》い場所《ばしょ》にあるんだ。

車両《しゃりょう》の扉《とびら》が開《ひら》くと、今日《きょう》のゲストが乗《の》りこんでくる。

「おはよう〜!! T3《ティースリー》のみんなっ！」

『おはよう！　航君《こうくん》』

航君《こうくん》とは新宿駅《しんじゅくえき》で待《ま》ち合《あ》わせていたんだ。

七海《ななみ》ちゃんを挟《はさ》むようにして座《すわ》った航君《こうくん》は、右手《みぎて》をすっと胸《むね》の上《うえ》に置《お》く。

「僕《ぼく》は少《すこ》しドキドキしてるよ……だって、初《はじ》めてなんだ。小学生《しょうがくせい》だけで電車《でんしゃ》に乗《の》って旅行《りょこう》に行《い》くなんて……」

そうなんだ。今日《きょう》、遠藤《えんどう》さんは会津若松《あいづわかまつ》へ一緒《いっしょ》に行《い》かない。ゴールデンウィークのエンドートラベルは大忙《おおいそが》しで、遠藤《えんどう》さんもてんてこ舞《ま》いなんだ。だから小学生《しょうがくせい》だけの電車旅行《でんしゃりょこう》ってわけ。

「わかるわ〜航君《こうくん》の気持《きも》ち。私《わたし》もわくわくしているもん。何回《なんかい》、旅《たび》に出《で》ても、いつも出発《しゅっぱつ》の時《とき》はドキドキが止《と》まらない！」

「だよねぇ」

七海《ななみ》ちゃんと目《め》を合《あ》わせ、僕《ぼく》もうなずいた。今回《こんかい》の旅《たび》では、どんな列車《れっしゃ》に出会《であ》うだろう。どんな風景《ふうけい》が見《み》えるだろうと思《おも》っただけで、わくわくしてしまう。

「これまでに、みんなでたくさん旅行《りょこう》したんでしょ？　どんなところに行《い》ったの？」

航君《こうくん》が身《み》を乗《の》り出《だ》した。

「東京《とうきょう》から山口県《やまぐちけん》までの1000キロを、在来線《ざいらいせん》だけで行《い》ったこともあるよ」

七海《ななみ》ちゃんの横《よこ》で、僕《ぼく》は「そうそう」とうなずく。

「在来線《ざいらいせん》だけで1000キロ……すごいなぁ……」

驚《おどろ》いた航君《こうくん》は、クワッと口《くち》を開《ひら》いたまま、あ然《ぜん》としてる。

(気《き》になった人《ひと》は『電車《でんしゃ》で行《い》こう！　青春《せいしゅん》18きっぷ・1000キロの旅《たび》』を読《よ》んでみてね)

「航君《こうくん》は小学生《しょうがくせい》だけで旅行《りょこう》するの、初《はじ》めてでしょう。パパやママは大丈夫《だいじょうぶ》だった？　心配《しんぱい》してなかった？」

七海《ななみ》ちゃんが聞《き》くと、航君《こうくん》はこくんとうなずく。

「はじめはね。でも、エンドートラベルの遠藤《えんどう》さんが『T3《ティースリー》なら安心《あんしん》ですから、まかせてもらえませんか』ってすごくていねいに話《はな》してくれたから、父《とう》さんも母《かあ》さんも『いいよ』って許可《きょか》してくれたんだ」

「そっか〜。よかったね」

新宿駅《しんじゅくえき》を出発《しゅっぱつ》すると七海《ななみ》ちゃんは航君《こうくん》といろいろと話《はな》しはじめた。でも、僕《ぼく》には何《なに》を話《はな》せばいいのかわからない。話《はな》しかける言葉《ことば》が見《み》つからない。

航君《こうくん》は歴史好《れきしず》き……でも、僕《ぼく》は歴史《れきし》がちょっと苦手《にがて》。

だって、平安時代《へいあんじだい》も戦国時代《せんごくじだい》も江戸時代《えどじだい》も電車《でんしゃ》は走《はし》ってないんだもん。

キハ40系《けい》、N《エヌ》700系《けい》、185系《けい》なんて車両形式《しゃりょうけいしき》はスラスラ頭《あたま》に入《はい》ってくるのに、平《へい》安京《あんきょう》ができた年《とし》、鎌倉幕府《かまくらばくふ》が成立《せいりつ》した年《とし》なんか、サッパリ覚《おぼ》えられないんだよねぇ〜。

電車《でんしゃ》の旅《たび》が好《す》きだから、地理《ちり》は得意《とくい》なんだけどね。

「航君《こうくん》って好《す》きな鉄道《てつどう》ってある？」

やっぱり電車《でんしゃ》のことになってしまう。僕《ぼく》は航君《こうくん》にダメモトで聞《き》いてみた。

「好《す》きな鉄道《てつどう》〜？」

航君《こうくん》は頭《あたま》に「？」を浮《う》かべて首《くび》をかしげる。

「好《す》きな車両《しゃりょう》でも、好《す》きな駅《えき》でもいいよ！」

「う～ん……住《す》んでいるのが武蔵野市《むさしのし》だから、しいて言《い》えば中央線《ちゅうおうせん》かなぁ」

共通《きょうつう》の話題《わだい》を見《み》つけたと思《おも》った僕《ぼく》は、前《まえ》のめりで話《はな》しだす。

「中央線《ちゅうおうせん》は特急《とっきゅう》『あずさ』や『かいじ』、『成田《なりた》エクスプレス』が走《はし》ってるよね。西《にし》へ向《む》かえば長野県《ながのけん》の塩尻《しおじり》を経由《けいゆ》して、愛知県《あいちけん》の名古屋《なごや》までつながっているのがすごいよね！」

「あ、そうなんだ。へぇ～……。ごめん。僕《ぼく》、中央線《ちゅうおうせん》のこともそんなに知《し》らなくて……」

航君《こうくん》は少《すこ》し体《からだ》を後《うし》ろへ引《ひ》き、困《こま》ったような顔《かお》をした。

でも次《つぎ》の瞬間《しゅんかん》、航君《こうくん》はいたずらっ子《こ》のような顔《かお》になった。

「中央線《ちゅうおうせん》にはくわしくないけど、僕《ぼく》は東京駅《とうきょうえき》から高尾《たかお》までの駅名《えきめい》をすべて言《い》えるよ」


『えーーーっ!?　高尾《たかお》までの全駅名《ぜんえきめい》が言《い》えるーーー!?』

僕《ぼく》と七海《ななみ》ちゃんは驚《おどろ》いて、航君《こうくん》を見《み》つめた。

だって、東京《とうきょう》から高尾《たかお》までの中央線《ちゅうおうせん》の駅《えき》は二十四個《こ》もあるんだよ。

僕《ぼく》もそれなりに覚《おぼ》えているけど、すべての駅名《えきめい》をすぐに言《い》える自信《じしん》はない。

それを全部言《ぜんぶい》えるなんて、すごくない!?

航君《こうくん》はコホンと咳《せき》ばらいをしてから目《め》をつむる。

「東京《とうきょう》の〜次《つぎ》は神田《かんだ》♪　御茶《おちゃ》ノ水《みず》の〜次《つぎ》は四《よ》ツ谷《や》♪　新宿《しんじゅく》、中野《なかの》、高円寺《こうえんじ》、阿佐《あさ》ケ谷《がや》、荻窪《おぎくぼ》♪　西荻窪《にしおぎくぼ》の〜次《つぎ》は吉祥寺《きちじょうじ》♪　三鷹《みたか》の〜次《つぎ》は武蔵境《むさしさかい》♪　東小金井《ひがしこがねい》、武蔵小金井《むさしこがねい》、国分寺《こくぶんじ》、西国分寺《にしこくぶんじ》、国立《くにたち》。立川《たちかわ》の〜次《つぎ》は日野《ひの》。豊田《とよだ》の〜次《つぎ》は八王子《はちおうじ》。西八王子《にしはちおうじ》、高尾《たかお》〜♪」

野球《やきゅう》の応援歌《おうえんか》のメロディーにのせて、航君《こうくん》は東京《とうきょう》から高尾《たかお》までの全駅名《ぜんえきめい》を軽々《かるがる》と言《い》ってのけた。

『すご――――い!!』

僕《ぼく》と七海《ななみ》ちゃんに尊敬《そんけい》の目《め》で見《み》つめられ、航君《こうくん》の頬《ほお》が赤《あか》くなる。

「え――!?　そんなにほめられるなんて〜」

「どうして、そんなことができるの!?　宿題《しゅくだい》で全駅覚《ぜんえきおぼ》えなくちゃいけなかったとか?」

七海《ななみ》ちゃんは大《おお》きな瞳《ひとみ》を輝《かがや》かせて、航君《こうくん》を見《み》た。

「前《まえ》に、テレビに、山手線《やまのてせん》の全駅《ぜんえき》を言《い》えるという小学生《しょうがくせい》が出《で》ていて、『じゃあ自分《じぶん》は中央《ちゅうおう》線《せん》でやってみようかな？』と思《おも》ってやってみたんだ……」

「やってみたら……『できちゃった』の？」

「そういうこと〜」

「航君《こうくん》は頭《あたま》がいいんだねぇ」

「そんなことないよ〜」

七海《ななみ》ちゃんから尊敬《そんけい》のまなざしでじっと見《み》つめられた航君《こうくん》は、顔《かお》を真《ま》っ赤《か》にして、手《て》を横《よこ》に振《ふ》る。

航君《こうくん》ってあんなに歴史《れきし》にくわしいくらいだもんねぇ。勉強《べんきょう》が得意《とくい》なんだろうなぁ。

僕《ぼく》は、体育《たいいく》は得意《とくい》だけど、他《ほか》はクラスの真《ま》ん中《なか》ってところだし……。

何《なに》か共通《きょうつう》することがあると、仲良《なかよ》くなれそうなのになぁ。

馬喰横山《ばくろよこやま》に着《つ》くと、僕《ぼく》は二人《ふたり》に「都営浅草線《とえいあさくさせん》に乗《の》り換《か》えだよ」と声《こえ》をかけた。

ホームから改札階《かいさつかい》へ上《あ》がって、立《た》ち食《ぐ》いそばの出汁《だし》の匂《にお》いが漂《ただよ》っている改札口《かいさつぐち》を抜《ぬ》ける。

航君《こうくん》は、乗《の》り換《か》え案内《あんない》の看板《かんばん》を見上《みあ》げながらつぶやく。

「都営新宿線《とえいしんじゅくせん》から同《おな》じ会社《かいしゃ》の都営浅草線《とえいあさくさせん》に乗《の》り換《か》えるのに、改札口《かいさつぐち》を出《で》ちゃっていいの？」

僕《ぼく》は大丈夫《だいじょうぶ》だよとうなずく。

「都営新宿線《とえいしんじゅくせん》の『馬喰横山《ばくろよこやま》』から都営浅草線《とえいあさくさせん》の『東日本橋《ひがしにほんばし》』っていう別《べつ》の駅《えき》へ行《い》くんだ。でもすぐ近《ちか》くだから安心《あんしん》して。連絡通路《れんらくつうろ》でつながっているんだよ」

「へぇ～そうなんだ。さすが雄太君《ゆうたくん》はよく知《し》っているなぁ」

こんなのは初歩《しょほ》の初歩《しょほ》なんだけど、航君《こうくん》にすごくほめられて、僕《ぼく》は照《て》れちゃった。

七海《ななみ》ちゃんを真《ま》ん中《なか》に、僕《ぼく》ら三人《にん》は一〇〇メートルほど続《つづ》く地下通路《ちかつうろ》を歩《ある》いた。

航君《こうくん》は縦《たて》じまの白《しろ》いシャツに黒《くろ》いパンツをはき、胸元《むなもと》には英語《えいご》のY《ワイ》とN《エヌ》が重《かさ》なったエンブレムの入《はい》った黒《くろ》いスタジアムジャンパーを着《き》ていた。

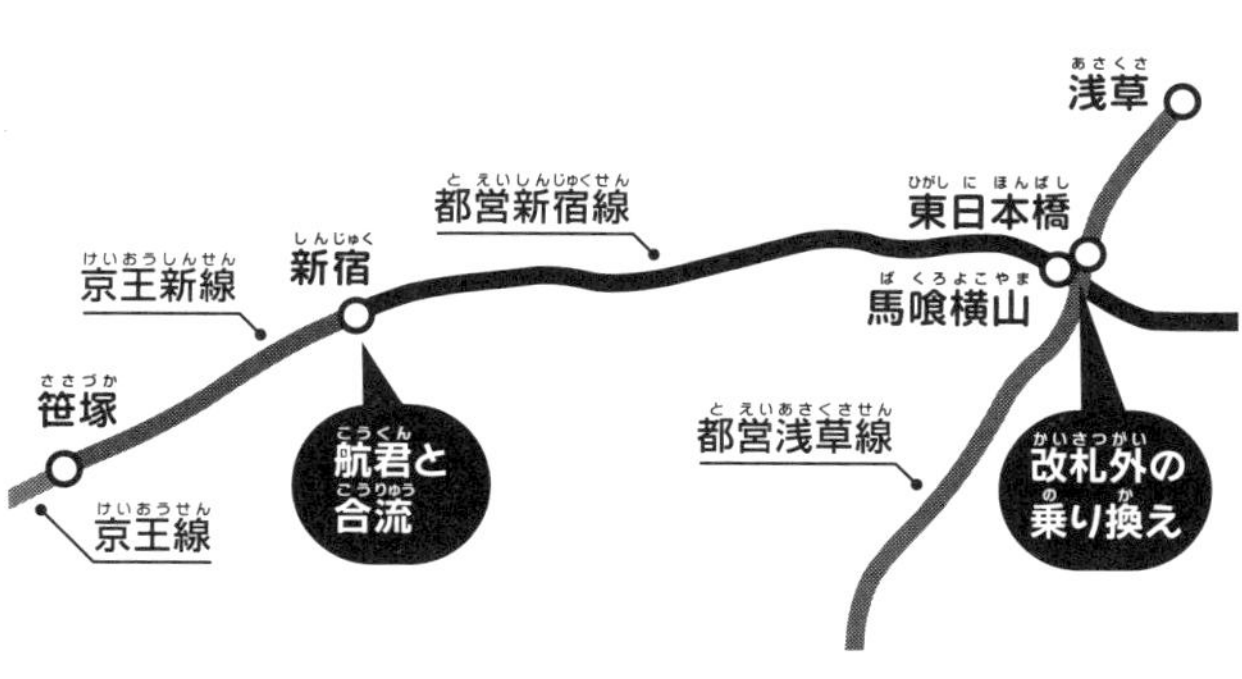

七海《ななみ》ちゃんがなにげなく航君《こうくん》に聞《き》いた。

「航君《こうくん》のそれって、どこかのユニホーム？」

「わかる？　メジャーリーグの野球《やきゅう》チームで、ニューヨークにある球団《きゅうだん》のレプリカユニホームなんだ～」

スタジアムジャンパーの前《まえ》を開《ひら》きながら航君《こうくん》がニカッと笑《わら》う。

「へぇ～航君《こうくん》って、野球《やきゅう》も好《す》きなの？」

「野球《やきゅう》も、サッカーも……いや、スポーツ全般《ぜんぱん》が好《す》きかな」

やった！　そこは僕《ぼく》と一緒《いっしょ》だ。

「僕《ぼく》もスポーツはなんでも好《す》きなんだよね～」

「本当《ほんとう》に!?　雄太君《ゆうたくん》！」

前《まえ》のめりになった航君《こうくん》に、僕《ぼく》はニヤリと笑《わら》う。

「じゃあ、去年《きょねん》の運動会《うんどうかい》の徒競走《ときょうそう》の結果《けっか》は～？」

僕《ぼく》が「せ～の」と言《い》ってタイミングを合《あ》わせると、

『一番《ばん》っ！』

と、声《こえ》がピッタリ合《あ》った。

僕《ぼく》と航君《こうくん》は、「イエーイ」とハイタッチ。

これですっかり僕《ぼく》らは仲良《なかよ》くなれちゃう。

地下通路《ちかつうろ》の先《さき》にあった都営浅草線《とえいあさくさせん》の東日本橋《ひがしにほんばし》の自動改札機《じどうかいさつき》を通《とお》り、押上方面《おしあげほうめん》の電車《でんしゃ》がやってくる2番線《ばんせん》で待《ま》つ。

すぐに「電車《でんしゃ》が来《き》ます」というサインが点《つ》いて、右《みぎ》から赤《あか》い電車《でんしゃ》が走《はし》ってきた。

目《め》の前《まえ》を通過《つうか》していく車両《しゃりょう》の側面《そくめん》には、ローマ字《じ》で「KEIKYU《ケイキュウ》」と書《か》かれている。

「京急《けいきゅう》？　ここは都営浅草線《とえいあさくさせん》って言《い》ってなかった？」

戸惑《とまど》ったようにつぶやいた航君《こうくん》に、かなり鉄道《てつどう》にくわしくなってきた七海《ななみ》ちゃんが答《こた》える。

「都営浅草線《とえいあさくさせん》は京急《けいきゅう》と『相互乗《そうごの》り入《い》れ』しているからね」

「相互乗《そうごの》り入《い》れ？」

七海《ななみ》ちゃんは両手《りょうて》を胸《むね》の前《まえ》で交差《こうさ》して見《み》せた。

「都営浅草線《とえいあさくさせん》と京急《けいきゅう》の電車《でんしゃ》が、お互《たが》いの線路《せんろ》を走《はし》り合《あ》うことだよ～」

「へぇ〜鉄道会社《てつどうがいしゃ》が違《ちが》っているのに、そんなことができるんだね」

「レールがつながってるからね。乗《の》り換《か》えせずにそのまま乗《の》っていければ便利《べんり》でしょう」

「確《たし》かに」

「軌道《きどう》、つまりレールの幅《はば》が同《おな》じ路線同士《ろせんどうし》なら、相互乗《そうごの》り入《い》れができるんだ」

僕《ぼく》は「青砥行《あおといき》」と表示《ひょうじ》の出《で》ている電車《でんしゃ》に乗《の》りこみながら続《つづ》ける。

「東京《とうきょう》を走《はし》る地下鉄《ちかてつ》は、最近《さいきん》、周囲《しゅうい》の鉄道《てつどう》とどんどん相互乗《そうごの》り入《い》れを進《すす》めていて、僕《ぼく》ら鉄《てつ》道《どう》ファンでも、今《いま》どこの鉄道会社《てつどうがいしゃ》の軌道《きどう》を走《はし》っているのか、わからなくなっちゃう時《とき》があるくらいなんだ」

8時《じ》42分《ふん》に東日本橋《ひがしにほんばし》を出発《しゅっぱつ》した電車《でんしゃ》は、三駅目《えきめ》の浅草《あさくさ》に8時《じ》46分《ぷん》に到着《とうちゃく》。

「次《つぎ》は何《なに》に乗《の》るの？」

ホームを歩《ある》きながら聞《き》く航君《こうくん》に、僕《ぼく》はウキウキしながら答《こた》える。

「ここからは東武鉄道《とうぶてつどう》だよ〜」

都営浅草線浅草駅《とえいあさくさせんあさくさえき》の改札口《かいさつぐち》を抜《ぬ》けて地上《ちじょう》へ出《で》て浅草《あさくさ》の交差点《こうさてん》を渡《わた》ると、目《め》の前《まえ》に七階建《かいだ》ての白《しろ》い石造《いしづく》りのビルがデーンと見《み》えた。

ちょっとレトロな駅舎《えきしゃ》で、一番上《いちばんうえ》には大《おお》きな時計《とけい》が乗《の》っかっている。

それぞれの階《かい》には長細《ながほそ》い窓《まど》が等間隔《とうかんかく》に並《なら》び、一階部分《いっかいぶぶん》の入口《いりぐち》はアーチ状《じょう》になっていた。

「これが東武鉄道《とうぶてつどう》の浅草駅《あさくさえき》さ！」

僕《ぼく》は紹介《しょうかい》するように右手《みぎて》をすっと斜《なな》め上《うえ》にあげた。七海《ななみ》ちゃんは建物《たてもの》を見上《みあ》げて、まばたきを繰《く》り返《かえ》す。

「東武鉄道《とうぶてつどう》の浅草駅《あさくさえき》って、まるで……老舗《しにせ》のデパートみたい」

「そうなんだよ。駅《えき》ビルの地下《ちか》一階《いっかい》から三階《がい》は松屋《まつや》さんっていうデパートなんだけど、二階《かい》だけが駅《えき》になっているんだよ」

「へぇ〜駅《えき》とデパートがドッキングしているんだぁ〜」

アーチ状《じょう》の入口《いりぐち》をくぐると、左《ひだり》には売店《ばいてん》、右《みぎ》には自動販売機《じどうはんばいき》と特急券売《とっきゅうけんう》り場《ば》が並《なら》んでいた。その奥《おく》には大《おお》きな階段《かいだん》を挟《はさ》むように、二階《かい》へと続《つづ》くエスカレーターが左右《さゆう》に設置《せっち》されている。

売店《ばいてん》の横《よこ》にはガラス張《ば》りの観光案内所《かんこうあんないじょ》もあって、壁《かべ》には英語《えいご》、中国語《ちゅうごくご》、韓国語《かんこくご》が並《なら》び、天井《てんじょう》には時代劇《じだいげき》に出《で》てくるような和風《わふう》の傘《かさ》が飾《かざ》られていた。

観光案内所《かんこうあんないじょ》のカウンターには大《おお》きなデイパックを背負《せお》った金髪《きんぱつ》のおじさんやお姉《ねえ》さんがいた。通路《つうろ》にはアジアから来《き》たと思《おも》われる団体客《だんたいきゃく》が、巨大《きょだい》なスーツケースを引《ひ》いて歩《ある》いている。

「浅草《あさくさ》って、外国人《がいこくじん》の観光客《かんこうきゃく》が多《おお》〜いのねぇ」

「浅草寺《せんそうじ》とか仲見世《なかみせ》とか、浅草《あさくさ》には古《ふる》い日本《にほん》の町並《まちな》みも残《のこ》っているから、外国人《がいこくじん》の観光客《かんこうきゃく》にもすごく人気《にんき》があるんだ」

僕《ぼく》が言《い》うと、七海《ななみ》ちゃんは「そっか〜そうだよねぇ」とつぶやいた。

「浅草《あさくさ》から合羽橋《かっぱばし》も近《ちか》いよね」

「合羽橋《かっぱばし》？」

「合羽橋《かっぱばし》も外国人観光客《がいこくじんかんこうきゃく》の人気《にんき》スポットだって、この間《あいだ》、テレビでやっていたの。合羽橋《かっぱばし》はプロ用《よう》の台所道具《だいどころどうぐ》を扱《あつか》っている街《まち》で、中《なか》でもリアルな食品《しょくひん》サンプルが注目《ちゅうもく》されているんだって。食品《しょくひん》サンプルは海外《かいがい》では珍《めずら》しいから、お土産《みやげ》にする人《ひと》も多《おお》いみたいよぉ。握《にぎ》りずしのサンプルが特《とく》に人気《にんき》なんだって」

「へぇ〜」

航君《こうくん》も、七海《ななみ》ちゃんの話《はなし》を感心《かんしん》して聞《き》いている。

左側《ひだりがわ》のエスカレーターに乗《の》りこんで二階《かい》へ向《む》かう。

エスカレーターを降《お》りると改札口《かいさつぐち》があった。

浅草《あさくさ》は始発駅《しはつえき》だから改札《かいさつ》の向《む》こうには「頭端式《とうたんしき》ホーム」がズラリと並《なら》んでいる。

「さぁ！　ここから特急《とっきゅう》に乗《の》るよ！」

僕《ぼく》は元気《げんき》よく言《い》った。

「特急《とっきゅう》に小学生《しょうがくせい》だけで乗《の》るなんて……緊張《きんちょう》するなぁ……」

ちょっと不安《ふあん》そうな顔《かお》をした航君《こうくん》の右手《みぎて》を七海《ななみ》ちゃんはぎゅっと握《にぎ》った。

「航君《こうくん》、心配《しんぱい》しなくても大丈夫《だいじょうぶ》だよ〜」

そう言《い》いながら、七海《ななみ》ちゃんは僕《ぼく》を見《み》る。

「T3《ティースリー》には日本中《にほんじゅう》の電車《でんしゃ》に乗《の》りまくってきた雄太君《ゆうたくん》と――」

それから七海《ななみ》ちゃんは、改札前《かいさつまえ》に立《た》つメガネをかけた男《おとこ》の子《こ》を見《み》る。

「鉄道《てつどう》の知識《ちしき》なら誰《だれ》にも負《ま》けない、大樹君《たいきくん》がついているから！」

僕《ぼく》はタタッと走《はし》って、大樹《たいき》の肩《かた》に手《て》をかけ、航君《こうくん》にうなずく。

「まかせてよ！」

「おまかせください」

大樹《たいき》はすっとメガネのフレームに右手《みぎて》をあてた。

大樹《たいき》は、今日《きょう》も大人《おとな》っぽいファッションで決《き》めている。スカイブルーのジャケットに白《しろ》のセーター、首《くび》にはイタリアングリーンのストールを軽《かる》く巻《ま》いていた。

相変《あいか》わらずのミリタリールックの僕《ぼく》とは大違《おおちが》い。家《いえ》を出《で》る時《とき》に妹《いもうと》の公香《きみか》に「またそれ？お兄《にい》ちゃんはいつも同《おな》じ格好《かっこう》じゃん」と言《い》われたのにはちょっとムカついたけど。

今日《きょう》の薄手《うすで》のグレーの革《かわ》ジャンは、いつものアメリカ空軍《くうぐん》のじゃなくてドイツ空軍《くうぐん》タイプなのに。

細身《ほそみ》のグレーのウールパンツと合《あ》わせて、僕的《ぼくてき》にはけっこういけてると思《おも》っているんだけどね。

「そっか～二人《ふたり》ともすごく鉄道《てつどう》にくわしいんだよね」

「電車《でんしゃ》に関《かん》してはね！」

ぐいっと胸《むね》を張《は》った僕《ぼく》に対《たい》して、大樹《たいき》は控《ひか》えめに言《い》う。

「まだまだですが、トラブルのないようにがんばります」

「あの……どうして、東京駅《とうきょうえき》じゃないの？　会津若松《あいづわかまつ》へ行《い》くなら新幹線《しんかんせん》で郡山《こおりやま》まで行《い》って、そこから在来線《ざいらいせん》で行《い》くもんじゃない？」

航君《こうくん》は東武浅草駅《とうぶあさくさえき》の改札口《かいさつぐち》を見《み》て、首《くび》をかしげる。

僕《ぼく》と大樹《たいき》は顔《かお》を見合《みあ》わせ、にやっと笑《わら》った。大樹《たいき》が口《くち》を開《ひら》く。

「今回《こんかい》のツアーは、鉄道初心者《てつどうしょしんしゃ》で歴史好《れきしず》きの航君《こうくん》のために、雄太《ゆうた》と僕《ぼく》で特別《とくべつ》プランニングした『歴史《れきし》も存分《ぞんぶん》に楽《たの》しめる会津若松《あいづわかまつ》への鉄道旅《てつどうたび》』なんです」

「ぼっ、僕《ぼく》のための特別《とくべつ》プラン!?」

僕《ぼく》は航君《こうくん》の肩《かた》にポンと手《て》を置《お》く。

「せっかく僕《ぼく》たちと一緒《いっしょ》に会津若松《あいづわかまつ》まで行《い》くんだから、気《き》になる場所《ばしょ》に立《た》ち寄《よ》ったりできて、移動《いどう》も楽《たの》しいルートがいいなって。僕《ぼく》と大樹《たいき》で一週間考《いっしゅうかんかんが》えた特別《とくべつ》プランだから、お楽《たの》しみにっ！」

僕《ぼく》と大樹《たいき》の顔《かお》を交互《こうご》に見《み》た航君《こうくん》は、ニカッと笑《わら》って二人《ふたり》の手《て》を握《にぎ》った。

「本当《ほんとう》にありがとう！　会津若松《あいづわかまつ》までしっかり楽《たの》しませてもらうよ！」

三《みっ》つ重《かさ》なっている手《て》の上《うえ》に、七海《ななみ》ちゃんが小《ちい》さな手《て》をペチンと乗《の》せる。

「今日《きょう》は私《わたし》に言《い》わせて！」

航君《こうくん》は「なにを？」って顔《かお》をしたけど、僕《ぼく》と大樹《たいき》はウンとうなずいた。

七海《ななみ》ちゃんがグイと下《した》へ向《む》けて手《て》に力《ちから》を入《い》れるのが合図《あいず》。

「航君《こうくん》を会津若松《あいづわかまつ》へ連《つ》れていくよ━━‼　ミッションスタート━━━‼」

一度《いちど》下《した》へ下《さ》げた手《て》を天井《てんじょう》へ向《む》かって思《おも》い切《き》り放《はな》ちながら僕《ぼく》らは『おぉ！』と叫《さけ》んだ。

3 東武鉄道《とうぶてつどう》のすごい特急列車《とっきゅうれっしゃ》

「今回《こんかい》の旅行《りょこう》で使用《しよう》するきっぷは、遠藤《えんどう》さんから預《あず》かってきました」

そう言《い》いながら、大樹《たいき》はオレンジのきっぷ一枚《まい》を全員《ぜんいん》に配《くば》る。

きっぷには「浅草《あさくさ》↓東武日光《とうぶにっこう》」という大《おお》きな字《じ》と、その下《した》に「リバティけごん11号《ごう》」と書《か》かれていた。

それを見《み》た航君《こうくん》の顔《かお》がたちまちうれしそうに輝《かがや》く。

「まさか……日光《にっこう》へ行《い》くの!?」

「歴史好《れきしず》きの航君《こうくん》は『東照宮《とうしょうぐう》が好《す》きなんじゃないかな？』って雄太《ゆうた》と考《かんが》えまして……」

大樹《たいき》は航君《こうくん》に向《む》かって微笑《ほほえ》む。

「うわぁ〜ありがとう！　『日光東照宮《にっこうとうしょうぐう》』は一度見《いちどみ》てみたかったんだ！　徳川初代将軍《とくがわしょだいしょうぐん》・

徳川家康《とくがわいえやす》の遺言《ゆいごん》で造営《ぞうえい》された、世界遺産《せかいいさん》だから」

航君《こうくん》はそう言《い》って飛《と》びあがった。

「ではリバティに乗《の》って日光《にっこう》へ向《む》かいましょう」

自動改札機《じどうかいさつき》にきっぷを入《い》れた航君《こうくん》が、通《とお》り抜《ぬ》けながら独《ひと》り言《ごと》のようにつぶやく。

「東武鉄道《とうぶてつどう》に乗《の》るの、生《う》まれてはじめてだぁ～」

「東京《とうきょう》の西側《にしがわ》に住《す》んでいると東武鉄道《とうぶてつどう》に乗《の》ることってあまりないよね」

僕《ぼく》が住《す》んでいるのも神奈川県《かながわけん》の相模原市《さがみはらし》。小田急《おだきゅう》や京王《けいおう》はしょっちゅう乗《の》るけれど、東《とう》武《ぶ》には乗《の》る機会《きかい》がめったにない。

大樹《たいき》は革《かわ》の手帳《てちょう》を開《ひら》く。

「東武鉄道《とうぶてつどう》は東京都《とうきょうと》、埼玉県《さいたまけん》、千葉県《ちばけん》、栃木県《とちぎけん》、群馬県《ぐんまけん》にまたがり、総営業《そうえいぎょう》キロ数約《すうやく》463キロを有《ゆう》する、私鉄《してつ》としては、関西《かんさい》の近畿日本鉄道《きんきにほんてつどう》に続《つづ》く日本第《にほんだい》二位《い》の鉄道会社《てつどうがいしゃ》です。なお、会社《かいしゃ》の創立《そうりつ》は大手私鉄《おおてしてつ》の中《なか》では一番古《いちばんふる》く、明治時代《めいじじだい》。そして発足以来《ほっそくいらい》、社名《しゃめい》を一度《いちど》も変更《へんこう》していないとのことです」

「へぇ～明治時代《めいじじだい》から！」

やはり航君《こうくん》が食《く》いつくのは、歴史《れきし》なんだね。

「大樹君《たいきくん》はいつも旅行《りょこう》へ行《い》く場所《ばしょ》についていっぱい調《しら》べてきてくれるの。だからわからないことがあったら大樹君《たいきくん》に聞《き》いてね。どんなことでも答《こた》えてくれるよ」

七海《ななみ》ちゃんにそう言《い》われた大樹《たいき》は、静《しず》かに微笑《ほほえ》んだ。

航君《こうくん》は感心《かんしん》したような表情《ひょうじょう》で大樹《たいき》を見《み》つめる。

「本当《ほんとう》にT3《ティースリー》ってすごいね。それに……鉄道《てつどう》にも歴史《れきし》があるんだなって、改《あらた》めて思《おも》ったよ」

「日本《にほん》に鉄道《てつどう》が入《はい》ってきたのは江戸末期《えどまっき》ですから、鉄道《てつどう》の歴史《れきし》はどうしても明治以降《めいじいこう》になってしまいますが……」

大樹《たいき》はパタンと手帳《てちょう》を閉《と》じる。

その時《とき》、ホームの向《む》こうからシャンパンベージュの電車《でんしゃ》が、ヘビのようにクネクネと折《お》れ曲《ま》がりながら4番線《ばんせん》へ入線《にゅうせん》してきた。

ビィイイイイイン！

ホームには東武《とうぶ》５００系《けい》の警笛《けいてき》が響《ひび》き渡《わた》る。

「あれに乗《の》るの!?」

笑顔《えがお》で指《ゆび》を差《さ》す七海《ななみ》ちゃんに、僕《ぼく》はうなずいた。

「そう。あれが東武鉄道新型特急《とうぶてつどうしんがたとっきゅう》リバティだよっ！」

「カッコいいねっ!!」

七海《ななみ》ちゃんはピョンと小《ちい》さくはねた。

東武鉄道《とうぶてつどう》の新型特急電車《しんがたとっきゅうでんしゃ》５００系《けい》、通称《つうしょう》『リバティ』の正面中央《しょうめんちゅうおう》には連結《れんけつ》した時《とき》に使《つか》う貫通扉《かんつうとびら》が格納《かくのう》されていて、その左右《さゆう》にスモークがかかったフロントガラスがある。

フロントガラスの下部《かぶ》にはヘッドライトとテールライトがしこまれていて、入線時《にゅうせんじ》には白《しろ》い斜《なな》めのラインが光《ひか》り、停車《ていしゃ》してしばらくすると赤《あか》いラインに切《き》り替《か》わる。

「なんだかファンタジー小説《しょうせつ》に登場《とうじょう》する騎士《きし》みたい」

七海《ななみ》ちゃんが、リバティの正面《しょうめん》をじっと見《み》つめながら言《い》った。七海《ななみ》ちゃんは読書好《どくしょず》きで、さまざまなジャンルの小説《しょうせつ》をたくさん読《よ》んでいるんだ。

「確《たし》かに騎士《きし》のヘルメットみたいだよね。南海特急《なんかいとっきゅう》のラピートにも似《に》ているかな？」

そう答《こた》えた僕《ぼく》に、七海《ななみ》ちゃんがにっこり笑《わら》う。

浅草駅《あさくさえき》の３番線《ばんせん》と４番線《ばんせん》は特急専用《とっきゅうせんよう》ホーム。

ホームの手前《てまえ》にはカウンターがあって、紺《こん》の制服《せいふく》を着《き》た女性駅員《じょせいえきいん》さんが立《た》っている。

カウンターの正面《しょうめん》には赤字《あかじ》で「特急券《とっきゅうけん》を拝見《はいけん》させていただきます」と書《か》いてあった。

「いらっしゃいませ〜。特急券《とっきゅうけん》を拝見《はいけん》できますか？」

きっぷを差《さ》し出《だ》すと白《しろ》い手袋《てぶくろ》をした手《て》で受《う》け取《と》り、チェックしてから返《かえ》してくれる。

「ありがとうございます。9時《じ》ちょうどに出発《しゅっぱつ》です」

ホームの時計《とけい》を見《み》ると、8時《じ》55分《ふん》を示《しめ》していた。

「は〜い。あと、五分《ふん》ですね」

僕《ぼく》らは赤《あか》いテールランプが灯《とも》っている最後尾《さいこうび》の前《まえ》に並《なら》んでパチリと記念撮影《きねんさつえい》。

「この電車《でんしゃ》は六両編成《りょうへんせい》ですね」

4番線《ばんせん》は少《すこ》し右《みぎ》へカーブしているので、リバティは何両編成《なんりょうへんせい》なのか最後尾《さいこうび》からじゃわからない。

だが、最後尾車両《さいこうびしゃりょう》の側面《そくめん》を見上《みあ》げた大樹《たいき》は、ピタリと何両《なんりょう》か言《い》い当《あ》てた。

「えっ!?　それも調《しら》べてきたの!?」

大樹《たいき》は微笑《ほほえ》みながら、航君《こうくん》に向《む》かって、側面《そくめん》のＬＥＤ《エルイーディー》表示《ひょうじ》を指差《ゆびさ》す。

「一番後《いちばんうし》ろの車両《しゃりょう》が6号車《ごうしゃ》ですから」

「そっか〜それで六両編成《りょうへんせい》ってわかるのか」

「東武鉄道《とうぶてつどう》では浅草《あさくさ》から下《くだ》る電車《でんしゃ》は、先頭《せんとう》から1号車《ごうしゃ》、2号車《ごうしゃ》となるようですね」

「下《くだ》る？」

航君《こうくん》が首《くび》をかしげると、七海《ななみ》ちゃんがハイハイと手《て》を挙《あ》げる。

「私《わたし》が教《おし》えてあげる〜!! 前《まえ》に教《おし》えてもらったから、知《し》っているの」

航君《こうくん》はほーっという顔《かお》をして、ペコリと頭《あたま》を下《さ》げた。

「七海先生《ななみせんせい》、よろしくお願《ねが》いします」

ああ、そういうことを言《い》うと、七海《ななみ》ちゃんのなりきりスイッチが入《はい》っちゃう。

エッヘンと胸《むね》を張《は》った七海《ななみ》ちゃんはメガネをかけていないのに、顔《かお》の横《よこ》に右手《みぎて》をそえ、あたかも銀縁《ぎんぶち》メガネのズレを直《なお》すような仕草《しぐさ》をする。

実際《じっさい》にはそんな先生《せんせい》は見《み》たことないけど、ドラマなんかじゃよく見《み》るタイプ。

「じゃあ、鉄道《てつどう》の上《のぼ》りと下《くだ》りについて教《おし》えるよ〜」

完全《かんぜん》に先生《せんせい》になりきった七海《ななみ》ちゃんは、バッグから取《と》り出《だ》したボールペンを指示棒代《しじぼうが》わりにする。

「鉄道《てつどう》は東京《とうきょう》を起点《きてん》にして、離《はな》れていくのを『下《くだ》り』。向《む》かってくるのを『上《のぼ》り』っていうんです」

「へぇ〜上《のぼ》りと下《くだ》りって、そういう意味《いみ》だったんですねぇ〜。すごく勉強《べんきょう》になります先生《せんせい》！」

えっ!?　航君《こうくん》もこういうノリが好《す》き？

航君《こうくん》はすっかり生徒《せいと》になって答《こた》えてる。

航君《こうくん》のこの反応《はんのう》に、七海《なみ》ちゃんはウンウンと満足《まんぞく》そう。いつもは教《おそ》わる側《がわ》だから、鉄道《てつどう》のことを教《おし》える人《ひと》ができたのが、七海《なみ》ちゃんはちょっと楽《たの》しいのかな。

「地方《ちほう》から東京《とうきょう》へ出《で》てきたばかりの人《ひと》を、昔《むかし》は『お上《のぼ》りさん』って言《い》っていたの、知《し》っているかな？　これも東京《とうきょう》へ行《い》くことを『都《みやこ》に上《のぼ》る』って言《い》っていたことからなのよ」

そこで、七海《ななみ》ちゃんは「どう？」って顔《かお》で、大樹《たいき》と僕《ぼく》をチラリと見《み》る。

「完璧《かんぺき》です。七海《ななみ》さん」

「えっへへ〜。二人《ふたり》のおかげです！」

七海《ななみ》ちゃんは照《て》れたように、肩《かた》をすくめた。

みんなでホームを歩《ある》きながら、天井《てんじょう》から吊《つ》られている乗車位置番号《じょうしゃいちばんごう》をチェックしていく。

リバティの車体全体《しゃたいぜんたい》はシャンパンベージュだけど、窓《まど》の上下《じょうげ》にはグリーンとブルーの細《ほそ》いラインがひかれている。

前《まえ》を歩《ある》いていた大樹《たいき》が、4号車《ごうしゃ》の先頭方向《せんとうほうこう》の扉《とびら》の前《まえ》で立《た》ち止《ど》まった。

「僕《ぼく》らの指定席《していせき》は、ここのようですね」

3号車《ごうしゃ》と4号車《ごうしゃ》は、両方《りょうほう》とも運転台《うんてんだい》のついた先頭車《せんとうしゃ》で、貫通扉《かんつうとびら》を使《つか》って連結《れんけつ》されている。

それぞれの車両《しゃりょう》の扉《とびら》の前《まえ》には駅員《えきいん》さんが立《た》っていて、ホームと扉《とびら》の間《あいだ》にスロープがかけられていた。

「あれ〜どうしてスロープ？　車《くるま》イスの人《ひと》でも乗《の》るのかな？」

周囲《しゅうい》を見《み》まわす七海《ななみ》ちゃんに、僕《ぼく》はスロープの下《した》を指差《ゆびさ》した。

「きっと、このせいだよ」

スロープの下《した》をのぞいた七海《ななみ》ちゃんは、口《くち》を「うわっ」と大《おお》きく開《ひら》く。

「ホームと車体《しゃたい》の間《あいだ》が、こんなに広《ひろ》く開《ひら》いている〜！」

大樹《たいき》は右手《みぎて》をクイと曲《ま》げて見《み》せる。

「東武鉄道《とうぶてつどう》の浅草駅《あさくさえき》のホームは右《みぎ》へカーブしているので、車体《しゃたい》とホームの間《あいだ》に大《おお》きなすき間《ま》が生《う》まれてしまうのでしょうね」

「だからスロープを置《お》いてあるのかぁ～」

しかもスロープだけじゃなくて、側《そば》に緑《みどり》と赤《あか》の旗《はた》を持《も》った駅員《えきいん》さんが立《た》っていて、お客《きゃく》さんの安全《あんぜん》を守《まも》ってくれていた。

七海《ななみ》ちゃんは「ありがとうございます」と駅員《えきいん》さんに微笑《ほほえ》んで乗《の》りこむ。

「いらっしゃいませ」

駅員《えきいん》さんも笑顔《えがお》で応《こた》えてくれた。

「航君《こうくん》、行《い》くよ」

航君《こうくん》は七海《ななみ》ちゃんの声《こえ》に素直《すなお》に「は～い」と返事《へんじ》して、僕《ぼく》らは七海《ななみ》ちゃんに続《つづ》いた。

リバティの車内《しゃない》は真《ま》ん中《なか》の通路《つうろ》を挟《はさ》んで、二人用《ふたりよう》シートが左右《さゆう》に並《なら》んでいる。

ゴールデンウィークってことで、すべてのシートが予約済《よやくず》みのようだった。

シートは紫色《むらさきいろ》で、頭《あたま》の部分《ぶぶん》には真《ま》っ白《しろ》なヘッドカバーがかけられている。

床《ゆか》は木目調《もくめちょう》の深《ふか》い茶色《ちゃいろ》で、とても落《お》ち着《つ》いた雰囲気《ふんいき》。

通路《つうろ》の天井《てんじょう》には波形《なみがた》に照明《しょうめい》が並《なら》び、白《しろ》くてやさしい光《ひかり》で室内《しつない》を照《て》らしている。

壁《かべ》やシートの一部《いちぶ》には明《あか》るい色《いろ》の木《き》が使用《しよう》されていた。

七海《ななみ》ちゃんは車両《しゃりょう》の真《ま》ん中近《なかちか》くまで歩《ある》くと、指定席番号《していせきばんごう》を確認《かくにん》してからシートの木《き》のハンドルグリップに手《て》をかける。

「回《まわ》すよ～」

通路《つうろ》に出《で》ている小《ちい》さなペダルを踏《ふ》むと、ロックがカチッと外《はず》れ、くるっとシートが回《まわ》り、二人《ふたり》ずつの向《む》かい合《あ》わせシートが完成《かんせい》した。

進行方向窓際《しんこうほうこうまどぎわ》に座《すわ》った七海《ななみ》ちゃんは、通路側《つうろがわ》のシートをポンポンとたたく。

「航君《こうくん》、私《わたし》の隣《となり》に座《すわ》らない？」

「じゃあ、そうするよ～」

航君《こうくん》は、座《すわ》る前《まえ》に、シートの模様《もよう》に目《め》をとめた。

「この色《いろ》と模様《もよう》は、とても江戸《えど》っぽいなぁ」

すかさず大樹《たいき》が手帳《てちょう》を開《ひら》く。

「さすがですね。この色《いろ》は江戸時代《えどじだい》の伝統色《でんとうしょく》だった『江戸紫《えどむらさき》』。またシート表面《ひょうめん》の柄《がら》は

『江戸小紋《えどこもん》』、袖部分《そでぶぶん》は『印伝《いんでん》』と呼《よ》ばれる伝統的《でんとうてき》な模様《もよう》だそうです」

航君《こうくん》の目《め》が細《ほそ》くなる。

「やっぱりそうか〜。どこかで見《み》たような気《き》がしたんだよ」

うれしそうに航君《こうくん》はシートに座《すわ》った。

進行方向反対向《しんこうほうこうはんたいむ》きの窓際席《まどぎわせき》を大樹《たいき》にゆずって、僕《ぼく》はその横《よこ》の通路側席《つうろがわせき》に座《すわ》る。

「おっ、さすが新型電車《しんがたでんしゃ》！　コンセントが全席《ぜんせき》についているよ」

シートの内側部分《うちがわぶぶん》のリクライニングボタンの脇《わき》にコンセントが一《ひと》つついていた。

「助《たす》かった〜。私《わたし》、昨日《きのう》ケータイの充電《じゅうでん》をするのを忘《わす》れてて……」

僕《ぼく》は、七海《ななみ》ちゃんがトートバッグから取《と》り出《だ》した充電《じゅうでん》ケーブルにびっくり。

七海《ななみ》ちゃん、なにそれ!?

E《イー》6系《けい》の先頭車《せんとうしゃ》の形《かたち》をした充電《じゅうでん》ケーブルなんて、初《はじ》めて見《み》たよ。

「うふ。雄太君《ゆうたくん》の驚《おどろ》く顔《かお》が見《み》られるなんて、やったぁ！」

右《みぎ》のこぶしを軽《かる》く握《にぎ》り、七海《ななみ》ちゃんがガッツポーズをして、僕《ぼく》にウインク。

「最近《さいきん》はみんなケータイを使《つか》っていますから、全席《ぜんせき》コンセントは助《たす》かりますよね」

冷静《れいせい》に、大樹《たいき》が言《い》う。

リバティは超豪華装備《ちょうごうかそうび》で、コンセントの他《ほか》にもインターネット用《よう》にWi-Fi《ワイファイ》を備《そな》えていて、テーブルは背面《はいめん》と袖《そで》に一《ひと》つずつ、カップホルダーも全席《ぜんせき》にある。

車内放送《しゃないほうそう》も日本語《にほんご》、英語《えいご》、中国語《ちゅうごくご》、韓国語《かんこくご》と四か国語《こくご》で流《なが》れていた。

「東武鉄道《とうぶてつどう》は外国人《がいこくじん》のお客《きゃく》さんが多《おお》いから、きっと、こういうサービスが重要《じゅうよう》なんだね」

発車《はっしゃ》メロディが鳴《な》り、発車《はっしゃ》を知《し》らせるアナウンスがホームに響《ひび》く。

《まもなく、リバティけごん11号《ごう》が発車《はっしゃ》いたしま〜す》

このとき3番線《ばんせん》に赤《あか》と白《しろ》の特急列車《とっきゅうれっしゃ》がゆっくり入線《にゅうせん》してくるのが見《み》えた。

シュッと、リバティのドアが閉《し》まる。

ビィイイイイイイン!

先頭車《せんとうしゃ》から警笛《けいてき》が聞《き》こえ、リバティは浅草駅《あさくさえき》を発車《はっしゃ》した。

ビルの中《なか》にあった浅草駅《あさくさえき》から電車《でんしゃ》が外《そと》に飛《と》び出《だ》すと、暖《あたた》かな春《はる》の日差《ひざ》しがパァーッと車《しゃ》内《ない》に射《さ》しこんだ。

まぶしさにカーテンを閉《し》める人《ひと》もいたけど、僕《ぼく》らは景色《けしき》が見《み》たいのでそのまま。

「あっ、大《おお》きな川《かわ》！」

「隅田川《すみだがわ》です」

窓《まど》の外《そと》を指差《ゆびさ》した航君《こうくん》に、大樹《たいき》が答《こた》える。

「へぇ～隅田川《すみだがわ》かぁ。江戸時代《えどじだい》は冬《ふゆ》に完全《かんぜん》に凍《こお》って渡《わた》れたっていう～」

さすが歴史好《れきしず》きの航君《こうくん》、昔《むかし》のことをよく知《し》っている。

ダダダダン……ダダダダン……ダダダダン……ダダダダン……。

太《ふと》い鉄骨《てっこつ》を大《おお》きなボルトで留《と》めて作《つく》られた古《ふる》く白《しろ》い鉄橋《てっきょう》は、リバティが前《まえ》へ進《すす》むたびにドドンドドンとお腹《なか》に響《ひび》く音《おと》をたてる。

隅田川《すみだがわ》は日《ひ》の光《ひかり》を浴《あ》び、通《とお》り過《す》ぎる船《ふね》が作《つく》るV《ヴィ》字形《じがた》の波《なみ》がキラキラと輝《かがや》いている。

リバティは特急電車《とっきゅうでんしゃ》だけど、まだ全速力《ぜんそくりょく》は出《だ》さない。

すぐに次《つぎ》のとうきょうスカイツリー駅《えき》に停車《ていしゃ》するからだ。

「見《み》えたよ！　スカイツリー！」

七海《ななみ》ちゃんが外《そと》を指差《ゆびさ》したので、みんなで顔《かお》を窓《まど》にペタンとつけて見上《みあ》げる。

だけど、線路《せんろ》は、空《そら》へと続《つづ》く白《しろ》く輝《かがや》くスカイツリーの足元《あしもと》へ向《む》かっているから、近《ちか》づけば近《ちか》づくほど反対《はんたい》に見《み》えにくくなっちゃうんだ。

とうきょうスカイツリー駅《えき》に着《つ》くと、完全《かんぜん》に見《み》えなくなっちゃった。

「やっぱりスカイツリーは遠《とお》くから見《み》るのがいいのかもね」

僕《ぼく》の意見《いけん》に、みんないっせいにうなずいた。

ここは外国人観光客《がいこくじんかんこうきゃく》に特《とく》に人気《にんき》のスポットらしく、ホームには大《おお》きなスーツケースやデイパックを持《も》った人《ひと》たちでいっぱいだった。

とうきょうスカイツリー駅《えき》を出《で》ると、リバティは一気《いっき》に加速《かそく》する。

この付近《ふきん》は線路《せんろ》が四本《ほん》、並走《へいそう》する複々線《ふくふくせん》になっていて、そのおかげで普通列車《ふつうれっしゃ》や特急列《とっきゅうれっ》車《しゃ》と次《つぎ》から次《つぎ》へとすれ違《ちが》う。

僕《ぼく》らは通《とお》り過《す》ぎる列車《れっしゃ》をケータイのカメラで撮影《さつえい》するのに、大忙《おおいそが》しだった。

突然《とつぜん》、航君《こうくん》が「あっ」と言《い》って僕《ぼく》の顔《かお》を見《み》た。

「ねぇ……上野《うえの》で僕《ぼく》に最初《さいしょ》に声《こえ》をかけてくれた未来《みらい》ちゃんは？」

僕《ぼく》はフッと笑《わら》って肩《かた》をすくめた。

「今日《きょう》はサッカーの試合《しあい》なんだってさ」

「へぇ～。残念《ざんねん》だなぁ、一緒《いっしょ》に会津若松《あいづわかまつ》まで行《い》けると思《おも》ったのに……。未来《みらい》ちゃんは女子《じょし》サッカーの選手《せんしゅ》なのか」

僕《ぼく》はコクリとうなずく。

「普段《ふだん》は地元《じもと》の女子《じょし》サッカーチームでレギュラーをやっているんだけど、最近《さいきん》は国際試合《こくさいじあい》にも呼《よ》ばれるようになっちゃってさ～」

「こっ、国際試合《こくさいじあい》!? 未来《みらい》ちゃんって日本代表選手《にほんだいひょうせんしゅ》なの!?」

僕《ぼく》と大樹《たいき》と七海《ななみ》ちゃんは、ニヤッと笑《わら》って声《こえ》を合《あ》わせる。

『いや、ルヒタンシュタイン公国代表《こうこくだいひょう》』

「どこの国《くに》だよ、それ？ それに、どうして外国《がいこく》の代表選手《だいひょうせんしゅ》なの？」

「それはねぇ～」

首《くび》をひねる航君《こうくん》に、僕《ぼく》は、ルヒタンシュタイン公国《こうこく》はヨーロッパにある小《ちい》さな王国《おうこく》であることを伝《つた》えた。そして次《つぎ》の王様《おうさま》になる公子《こうし》のレオンという男《おとこ》の子《こ》がT3《ティースリー》の鉄《てつ》トモだというと、航君《こうくん》は驚《おどろ》いたように目《め》を見開《みひら》いた。

そうだよね。普通《ふつう》の小学生《しょうがくせい》と、ルヒタンシュタイン公国《こうこく》の公子《こうし》が友《とも》だちなんて。

僕《ぼく》らは鉄道《てつどう》で知《し》り合《あ》い、一緒《いっしょ》に富山《とやま》や北海道《ほっかいどう》の函館《はこだて》まで鉄道《てつどう》で旅《たび》をしたんだ。

ルヒタンシュタイン公国《こうこく》の大使館《たいしかん》のパーティにも、T3《ティースリー》の僕《ぼく》らは招《まね》かれたことがある。

そのときに女子《じょし》サッカーの各国《かっこく》の大使館《たいしかん》対抗《たいこう》親善《しんぜん》試合《じあい》があって、未来《みらい》はルヒタンシュタイン公国《こうこく》の女子《じょし》サッカーチームにひょんなことから助《すけ》っ人《と》で参加《さんか》。強豪《きょうごう》チームとの試合《しあい》で大活躍《だいかつやく》して、チーム初勝利《はつしょうり》に大《おお》きく貢献《こうけん》したんだ。

(くわしくは『電車《でんしゃ》で行《い》こう!　小田急《おだきゅう》ロマンスカーと、迫《せま》る高速鉄道《こうそくてつどう》!』を読《よ》んでね)

フレンドリーな未来《みらい》はたちまちルヒタンシュタイン公国《こうこく》の女子《じょし》サッカーチームのメンバーとも意気投合《いきとうごう》し、その日《ひ》から、ルヒタンシュタイン公国女子《こうこくじょし》サッカーチームの「勝利《しょうり》の女神《めがみ》!」になっちゃった。

それからというもの、チームの練習《れんしゅう》にも参加《さんか》するようになったりして正真正銘《しょうしんしょうめい》、ルヒタンシュタイン公国代表選手《こうこくだいひょうせんしゅ》になったというわけ。

このゴールデンウィークには、前回勝利《ぜんかいしょうり》したイタリアを始《はじ》め、フランス、オランダ、ドイツ、ベルギーなど、ヨーロッパの大使館《たいしかん》の小学生女子《しょうがくせいじょし》チームとのリーグ戦《せん》が毎日《まいにち》あるんだって。

未来《みらい》も僕《ぼく》らと一緒《いっしょ》に会津若松《あいづわかまつ》へ行《い》きたがっていたんだけど、レオンやサッカーのチームメイトに試合出場《しあいしゅつじょう》を頼《たの》まれては仕方《しかた》がない。後《うし》ろ髪《がみ》引《ひ》かれながらも、今回《こんかい》はサッカーの試《し》合《あい》を選《えら》んだんだ。

話《はなし》を聞《き》き終《お》わると、航君《こうくん》の口《くち》がポカーンと開《ひら》いた。

「鉄道《てつどう》がきっかけで、そんな友《とも》だちまでできちゃうなんて……びっくりだよ」

「そうなんだ。鉄道好《てつどうず》きは、日本《にほん》だけじゃなく、世界中《せかいじゅう》にいて、知《し》り合《あ》えばすぐに仲良《なかよ》くなれちゃうんだよ。鉄《てつ》トモの友《とも》だちも友《とも》だちだから、どんどん友《とも》だちが増《ふ》えちゃうんだ」

僕《ぼく》はフフッと笑《わら》った。

北千住《きたせんじゅ》、春日部《かすかべ》と停車《ていしゃ》したリバティは、猛《もう》スピードで走《はし》っていく。

春日部周辺《かすかべしゅうへん》は東京《とうきょう》に通勤《つうきん》する人《ひと》たちが住《す》んでいるベッドタウンだから、周《まわ》りには一戸建《いっこだ》てや、小《ちい》さめのマンション、アパートがぎっしり並《なら》んでいる。

川《かわ》にかかる長《なが》い鉄橋《てっきょう》も素早《すばや》く走《はし》り抜《ぬ》け、リバティは、銀《ぎん》の車体《しゃたい》に赤《あか》いラインの普通列車《ふつうれっしゃ》を何台《なんだい》も追《お》い抜《ぬ》いていく。

南栗橋《みなみくりはし》を通過《つうか》して新幹線《しんかんせん》の陸橋《りっきょう》をくぐったあとに、僕《ぼく》らのテンションが一気《いっき》に上《あ》がった。

みんなの目《め》が進行方向右側《しんこうほうこうみぎがわ》に注《そそ》がれる！

「うわっ！　東武鉄道《とうぶてつどう》の車両基地《しゃりょうきち》だ！」

右側《みぎがわ》の車窓《しゃそう》は、いくつもの線路《せんろ》が平行《へいこう》にズラリと並《なら》んでいる、圧巻《あっかん》の光景《こうけい》だった。

そこには、銀《ぎん》の車体《しゃたい》に赤《あか》いラインの入《はい》った東武鉄道《とうぶてつどう》の車両《しゃりょう》が停《と》められている。相互乗《そうごの》り入《い》れしている東京《とうきょう》メトロ半蔵門線《はんぞうもんせん》の紫《むらさき》ラインの入《はい》った車両《しゃりょう》もある。

「あっ！　１００系《けい》もいるじゃん！」

僕《ぼく》は白《しろ》い車体《しゃたい》に水色《みずいろ》のラインの入《はい》った特急用車両《とっきゅうようしゃりょう》を指差《ゆびさ》した。

スペーシア用特急車両《ようとっきゅうしゃりょう》の１００系《けい》だ。フロントノーズが風《かぜ》を切《き》るようにシュッと三角形《さんかくけい》になっていて、少《すこ》し前《まえ》に走《はし》っていた３００系新幹線《けいしんかんせん》みたいでカッコいい！

大樹《たいき》はメガネのサイドに指《ゆび》をそえ、目《め》を細《ほそ》めた。

「あれは……１００系《けい》の『粋編成《いきへんせい》』のようですね」

『粋編成《いきへんせい》？』

七海《ななみ》ちゃんと航君《こうくん》が首《くび》をひねった。

「東武鉄道《とうぶてつどう》１００系《けい》はサイドに入《はい》ったラインの色《いろ》で名前《なまえ》が違《ちが》うんです。水色《みずいろ》は『粋編成《いきへんせい》』、オレンジは『サニーコーラルオレンジ編成《へんせい》』、紫《むらさき》のラインが『雅編成《みやびへんせい》』といい、それぞれ三編成《へんせい》ずつあるそうです」

「へぇ～。スペーシアのラインカラーは三種類《しゅるい》なんだぁ～」

七海《ななみ》ちゃんが、後《うし》ろを振《ふ》り返《かえ》りながらつぶやく。

「この車両基地《しゃりょうきち》は、すごく広《ひろ》いなぁ～」

南栗橋付近《みなみくりはしふきん》の車両基地《しゃりょうきち》は、軽《かる》く一駅分《ひとえきぶん》は続《つづ》いていそう。

その巨大《きょだい》さに、僕《ぼく》もびっくりしてしまう。

車両基地《しゃりょうきち》には列車《れっしゃ》を停《と》めておく留置線《りゅうちせん》だけじゃなく、車体《しゃたい》を洗《あら》う大《おお》きな洗車機《せんしゃき》や点検時《てんけんじ》に使用《しよう》する一編成《へんせい》が丸々入《まるまるはい》るような工場《こうじょう》もあった。

栗橋《くりはし》を出《で》ると、東武日光線《とうぶにっこうせん》の線路《せんろ》はグーンと右《みぎ》へ大《おお》きく曲《ま》がり、土手《どて》の上《うえ》を走《はし》り出《だ》した。

右《みぎ》のほうに大《おお》きな鉄橋《てっきょう》が見《み》えてきた。

「ここで利根川《とねがわ》を渡《わた》りますよ」

今回《こんかい》も、沿線《えんせん》のことまでしっかり調《しら》べてきてくれた大樹《たいき》が、ケータイで位置《いち》を確認《かくにん》しながら続《つづ》ける。

「利根川《とねがわ》は関東地方《かんとうちほう》を北西《ほくせい》から南東《なんとう》に流《なが》れ、銚子市《ちょうしし》で太平洋《たいへいよう》にそそぐ日本最大《にほんさいだい》の流域面積《りゅういきめんせき》を持《も》つ大河川《だいかせん》なんです」

今《いま》は水量《すいりょう》が少《すく》なく、両岸《りょうがん》は小《ちい》さな石《いし》の転《ころ》がる川原《かわら》になっている。川原《かわら》の広《ひろ》さからも、川《かわ》の本来《ほんらい》の大《おお》きさが実感《じっかん》できた。

ドドドン……ドドドン……と大《おお》きな音《おと》をたてながら、リバティは、利根川《とねがわ》の大《おお》きな鉄橋《てっきょう》を対岸《たいがん》まで渡《わた》る。

いつしか沿線《えんせん》の風景《ふうけい》はガラリと変《か》わり、田畑《たはた》がドーンと広《ひろ》がっていた。

水田《すいでん》では田植《たう》えを控《ひか》えて水《みず》を張《は》っているところや、すでに田植《たう》えを終《お》えて水面《すいめん》から短《みじか》い緑《みどり》の苗《なえ》が顔《かお》を出《だ》しているところもあった。

右手《みぎて》に高《たか》い堤防《ていぼう》を見《み》つつ走《はし》るリバティの先《さき》には山《やま》が迫《せま》ってきていた。

4 転車台《てんしゃだい》の謎《なぞ》

春日部《かすかべ》を9時《じ》33分《ぷん》に出発《しゅっぱつ》してから、リバティは約《やく》四十分間《ぷんかん》ノンストップで走《はし》って10時《じ》11分《ぷん》に栃木駅《とちぎえき》に到着《とうちゃく》。

遠《とお》くに山並《やまな》みが見《み》える。ほんの少《すこ》し前《まえ》まではビルが林立《りんりつ》する東京《とうきょう》にいたのに、あっという間《ま》に、のどかな風景《ふうけい》の栃木《とちぎ》まで移動《いどう》できるってことに、僕《ぼく》は改《あらた》めて電車《でんしゃ》ってすごいなぁと思《おも》ってしまう。

栃木駅《とちぎえき》には三《みっ》つ番線《ばんせん》があるんだけど、リバティが停車《ていしゃ》したのは一番左《いちばんひだり》の3番線《ばんせん》だった。

航君《こうくん》は左右《さゆう》の窓《まど》を見《み》て、あれっとつぶやく。

「……この駅《えき》、2番線《ばんせん》が両側《りょうがわ》にあるぞ」

「もぅ〜そんなことあるわけないでしょ〜航君《こうくん》」

そう言《い》ってホームをチェックした七海《ななみ》ちゃんは、「はっ」と驚《おどろ》いた顔《かお》になり、自分《じぶん》に突《つ》っこんだ。

「って！　本当《ほんとう》に2番線《ばんせん》が両側《りょうがわ》にある!!　どっ、どういうこと〜!?」

リバティが停車《ていしゃ》しているホームの反対側《はんたいがわ》は2番線《ばんせん》なんだけど、右《みぎ》のフェンスの向《む》こう側《がわ》にも2番線《ばんせん》と表示《ひょうじ》してあるんだ。

「なるほど、栃木駅《とちぎえき》はこういう構造《こうぞう》なんですね……」

大樹《たいき》は冷静《れいせい》に言《い》って、茶色《ちゃいろ》の革手帳《かわてちょう》に駅構造《えきこうぞう》をサラサラとスケッチする。

ニヒッと笑《わら》った僕《ぼく》は、左右《さゆう》の駅名看板《えきめいかんばん》を両手《りょうて》で同時《どうじ》に指差《ゆびさ》す。

「左《ひだり》の駅名看板《えきめいかんばん》の色《いろ》を見《み》て」

『駅名看板《えきめいかんばん》の色《いろ》〜？』

七海《ななみ》ちゃんと航君《こうくん》は、首《くび》をくるっと回《まわ》して左右《さゆう》を交互《こうご》に見《み》た。

「左側《ひだりがわ》は白地《しろじ》にオレンジのラインだよ〜」

「右《みぎ》は白地《しろじ》に黄色《きいろ》だ」

僕《ぼく》は二人《ふたり》に向《む》かってニヤリと笑《わら》う。

「僕《ぼく》らが乗《の》っているのは『東武日光線《とうぶにっこうせん》』。左側《ひだりがわ》の2番線《ばんせん》が東武日光線《とうぶにっこうせん》のもので、右側《みぎがわ》に見《み》えているのは『JR両毛線《ジェイアールりょうもうせん》』なんだ」

「違《ちが》う鉄道会社《てつどうがいしゃ》ってことなのか！」

航君《こうくん》がなるほどとうなずく。でも、七海《なかみ》ちゃんは「う〜ん」と腕組《うでぐ》み。

「2番線《ばんせん》が二《ふた》つあったら、ややこしくないのかな〜？」

「こうした構造《こうぞう》の駅《えき》では混乱《こんらん》がおきないように、JR《ジェイアール》が1、2番線《ばんせん》を使用《しよう》した場合《ばあい》、東武《とうぶ》日光線《にっこうせん》は3、4、5番線《ばんせん》とつけることが多《おお》いんですけどね。栃木《とちぎ》の人《ひと》はこのスタイルに慣《な》れているので問題《もんだい》がないのでしょうね」

大樹《たいき》はさらりと言《い》う。その目《め》は、1番線《ばんせん》から小山方面《おやまほうめん》に向《む》けて出発《しゅっぱつ》していく、銀《ぎん》の車体《しゃたい》に緑《みどり》とオレンジのラインの入《はい》った五両編成《りょうへんせい》の211系《けい》に注《そそ》がれている。

211系《けい》を追《お》いかけるようにリバティも栃木《とちぎ》を出発《しゅっぱつ》。両毛線《りょうもうせん》を高架線《こうかせん》で跨《また》ぎ、左《ひだり》へカーブしながらさらに北《きた》へと向《む》かう。

栃木《とちぎ》を越《こ》えると、空《そら》が広《ひろ》がったように感《かん》じた。

田畑《たはた》の間《あいだ》に、大《おお》きな敷地《しきち》を持《も》つ住宅《じゅうたく》が点在《てんざい》している。

10時《じ》26分《ぷん》に新鹿沼《しんかぬま》に停車《ていしゃ》。この辺《あた》りから、緑《みどり》の濃《こ》い木々《きぎ》がしげる高《たか》い山々《やまやま》が左側《ひだりがわ》に見《み》えてきた。

「まるで蜃気楼《しんきろう》みたいだ……」

初《はじ》めて栃木《とちぎ》の山々《やまやま》を見《み》た航君《こうくん》が感動《かんどう》した声《こえ》でつぶやく。

やがて列車《れっしゃ》は針葉樹《しんようじゅ》の生《お》い茂《しげ》る森《もり》の中《なか》に突入《とつにゅう》した。

リバティが減速《げんそく》を開始《かいし》して視界《しかい》がパッと広《ひろ》がった瞬間《しゅんかん》、右側《みぎがわ》の車窓《しゃそう》に現《あらわ》れたものに僕《ぼく》らの目《め》が釘付《くぎづ》けになった。

『車庫《しゃこ》だ！』

そこには真《ま》っ赤《か》なレンガで造《つく》られた、二両格納《りょうかくのう》できるピカピカの扇形車庫《おうぎがたしゃこ》があった。形《かたち》は蒸気機関車時代《じょうききかんしゃじだい》のものなんだけど、最近建《さいきんた》てられたばかりといった雰囲気《ふんいき》がどこかそぐわない。

七海《ななみ》ちゃんが、円形《えんけい》に掘《ほ》られたコンクリートの中《なか》にある、真《ま》っ赤《か》な鉄橋《てっきょう》を指差《ゆびさ》す。

「こんなところに転車台《てんしゃだい》があるんだ～」

航君《こうくん》が振《ふ》り向《む》く。

「転車台《てんしゃだい》？　それって何《なに》に使《つか》うものなんですか？　七海先生《ななみせんせい》」

その瞬間《しゅんかん》、七海《ななみ》ちゃんは、女《おんな》の先生《せんせい》に変身《へんしん》。

「いい質問《しつもん》ね、航君《こうくん》。転車台《てんしゃだい》は、蒸気機関車《じょうききかんしゃ》やディーゼル機関車《きかんしゃ》の方向転換《ほうこうてんかん》を行《おこな》うものなのよ」

「方向転換《ほうこうてんかん》？　先生《せんせい》、電車《でんしゃ》は方向転換《ほうこうてんかん》なんかしなくても、前《まえ》にも後《うし》ろにも、進《すす》めるようにできていませんか？」

航君《こうくん》は両手《りょうて》の親指《おやゆび》を左右《さゆう》に向《む》けながら、七海先生《ななみせんせい》に質問《しつもん》する。

「航君《こうくん》の言《い》う通《とお》り、車両《しゃりょう》の下《した》にモーターがついている電車《でんしゃ》だったら、編成《へんせい》の前《まえ》にも後《うし》ろにも運転台《うんてんだい》があることが多《おお》いので方向転換《ほうこうてんかん》は必要《ひつよう》なく、転車台《てんしゃだい》に乗《の》せる必要《ひつよう》もありませんね。だけど、以前《いぜん》は『客車《きゃくしゃ》』を『機関車《きかんしゃ》』が引《ひ》っ張《ぱ》っていたんです」

七海《ななみ》ちゃんはグーにした右手《みぎて》を機関車《きかんしゃ》にみたてて話《はな》した。

「あ〜古《ふる》い映画《えいが》なんかで、僕《ぼく》もそういう列車《れっしゃ》を見《み》たことあります」

「その時《とき》、一番前《いちばんまえ》は機関車《きかんしゃ》だったでしょ」

「はい。そうだったと思《おも》います」

「機関車《きかんしゃ》が引《ひ》っ張《ぱ》らないと客車《きゃくしゃ》は動《うご》かないから、機関車《きかんしゃ》は常《つね》に先頭《せんとう》にいなくちゃいけないの。特《とく》に蒸気機関車《じょうききかんしゃ》はバックだと速度《そくど》が出《だ》せないから、方向転換《ほうこうてんかん》が必要《ひつよう》になるというわけなんです」

航君《こうくん》はうなずいた。

「七海先生《ななみせんせい》、転車台《てんしゃだい》が何《なん》のためにあるのかは、わかりました。でも、そんな古《ふる》い鉄道《てつどう》で使《つか》う設備《せつび》が、どうして、あんなにピカピカの状態《じょうたい》でここにあるんですか〜？」

「それはねぇ……」

七海先生《ななみせんせい》キャラは、始《はじ》まった時《とき》と同《おな》じように、唐突《とうとつ》に終了《しゅうりょう》。

「どっ、どうしてだったっけ〜!?　大樹《たいき》く〜ん!!」

「それはですね——」

説明《せつめい》しかけた大樹《たいき》の口《くち》を、僕《ぼく》は右手《みぎて》でパッとふさぐ。

「それは……あとのお楽《たの》しみ〜ってことで！」

七海《ななみ》ちゃんと航君《こうくん》は『え〜っ!!』と声《こえ》をあげた。

キィンとブレーキ音《おん》をあげてリバティが下今市《しもいまいち》に停車《ていしゃ》したので、僕《ぼく》はスッと立《た》ち上《あ》がる。

「電車《でんしゃ》の切《き》り離《はな》しを見《み》にいこうよ！」

「切《き》り離《はな》し？」

グーにしてピタリとつけた両手《りょうて》を、七海《ななみ》ちゃんはすっと離《はな》しながら、航君《こうくん》に説明《せつめい》する。

「電車《でんしゃ》の連結《れんけつ》を解除《かいじょ》することを切《き》り離《はな》しっていうんだよ。切《き》り離《はな》された列車《れっしゃ》は、それぞれ別々《べつべつ》な方向《ほうこう》へ走《はし》っていくんだよ」

「へぇ～そんなことがあるんだ。見《み》たい！　見《み》たい！」

大樹《たいき》が静《しず》かに言《い》う。

「航君《こうくん》がよく乗《の》る中央線《ちゅうおうせん》では、切《き》り離《はな》しはあまり見《み》られませんよね。このリバティ11号《ごう》は二階建《かいだ》て電車《でんしゃ》ですから……」

「ええ～っ!?　二階建《かいだ》て？　一階建《いっかいだ》てとばかり思《おも》っていたのに」

航君《こうくん》が階段《かいだん》を探《さが》すかのように、きょろきょろ辺《あた》りを見渡《みわた》す。

大樹《たいき》がふっと笑《わら》って、首《くび》を左右《さゆう》に振《ふ》った。

「その二階建《かいだ》てではないんです」

「えっ、どういうこと？」

「鉄道用語《てつどうようご》の二階建《かいだ》てです。二《ふた》つ以上《いじょう》の目的地《もくてきち》へ向《む》かう列車《れっしゃ》を連結《れんけつ》して走《はし》らせ、途中駅《とちゅうえき》で分割《ぶんかつ》しながら運転《うんてん》される列車《れっしゃ》のことを『多層建《たそうだ》て列車《れっしゃ》』っていうんです。それが二《ふた》つだと『二階建《かいだ》て』、三《みっ》つだと『三階建《がいだ》て』というんですよ」

「へぇ～おもしろいなぁ」

「列車《れっしゃ》は分割《ぶんかつ》するものだけではなく、二《ふた》つ以上《いじょう》の出発駅《しゅっぱつえき》から発車《はっしゃ》した列車《れっしゃ》が、ある駅《えき》で連《れん》結《けつ》して併結《へいけつ》する場合《ばあい》もあるんです。こちらは東北新幹線《とうほくしんかんせん》でもよく見《み》られますよ」

僕《ぼく》らはすでに開《ひら》いていたドアからホームへ降《お》りる。

入《い》れ替《か》わるように駅員《えきいん》さんが車内《しゃない》へ飛《と》びこんできて、4号車《ごうしゃ》の運転台《うんてんだい》へ入《はい》ってパタンと扉《とびら》を閉《し》めた。今《いま》まで行《い》き来《き》できていた通路《つうろ》が閉鎖《へいさ》されたのだ。

切《き》り離《はな》しが行《おこな》われるところには、すでにたくさんの鉄道《てつどう》ファンが集《あつ》まっていて、カメラやケータイを構《かま》えて待《ま》っている。

僕《ぼく》らはその後《うし》ろに立《た》ち、リバティの切《き》り離《はな》しを一緒《いっしょ》に見守《みまも》った。

最初《さいしょ》に貫通幌《かんつうほろ》のロックが駅員《えきいん》さんによって外《はず》される。

グイィイイン。

「うわっ、全自動《ぜんじどう》だっ！」

思《おも》わず僕《ぼく》は叫《さけ》んでしまった。だって、貫通幌《かんつうほろ》と通路《つうろ》が自動《じどう》で運転台《うんてんだい》に収容《しゅうよう》されたんだ。

貫通幌《かんつうほろ》が中《なか》へ取《と》りこまれると、両側《りょうがわ》へ開《ひら》いていた貫通扉《かんつうとびら》も自動《じどう》で閉《と》じられる。

見《み》ていた鉄道《てつどう》ファンの『おぅっ』という驚《おどろ》きの声《こえ》がホームに響《ひび》き渡《わた》った。

「さすが、東武鉄道《とうぶてつどう》の最新型《さいしんがた》だな」

「ああ」

僕《ぼく》と大樹《たいき》は目《め》と目《め》でうなずきあう。

東京《とうきょう》から島根《しまね》へ行《い》く時《とき》に乗《の》った『サンライズ出雲《いずも》／瀬戸《せと》』でも扉《とびら》は自動《じどう》だったけど、貫《かん》通幌《つうほろ》はガシャガシャと、駅員《えきいん》さんが一所懸命人力《いっしょけんめいじんりき》で片《かた》づけていた。

全自動《ぜんじどう》なんて、すごすぎる！

おかげで、普通《ふつう》ならそれなりに時間《じかん》のかかる車両切《しゃりょうき》り離《はな》しが、あっという間《ま》に終了《しゅうりょう》。

切《き》り離《はな》しが終《お》わった瞬間《しゅんかん》、3号車《ごうしゃ》の窓《まど》の下《した》には赤《あか》いテールランプが灯《とも》り、4号車《ごうしゃ》のヘッドライトが輝《かがや》いた。

「前方《ぜんぽう》の電車《でんしゃ》はどこへ行《い》くの？」

七海《ななみ》ちゃんが大樹《たいき》に聞《き》く。

「僕《ぼく》らの乗《の》っている4号車《ごうしゃ》から6号車《ごうしゃ》は『リバティけごん』として東武日光《とうぶにっこう》へ向《む》かいますが、1号車《ごうしゃ》から3号車《ごうしゃ》は『リバティ会津《あいづ》』として会津田島《あいづたじま》へ向《む》かいます。リバティ会津《あいづ》はここから東武鬼怒川線《とうぶきぬがわせん》へ入《はい》っていくんです」

大樹《たいき》はニコリと笑《わら》いながら続《つづ》ける。

「僕《ぼく》らもあとで行《い》きますよ、会津田島《あいづたじま》へ」

「そうよね、ゴールは会津若松《あいづわかまつ》なんだもんね」

《まもなく2番線《ばんせん》より〜会津田島行《あいづたじまいき》・リバティ会津《あいづ》111号《ごう》が発車《はっしゃ》いたしま〜す》

東武日光行《とうぶにっこういき》は「11号《ごう》」だけど、会津田島《あいづたじま》行《いき》は111号《ごう》。一気《いっき》に数字《すうじ》が百《ひゃく》も増《ふ》えるのがおもしろいよね。

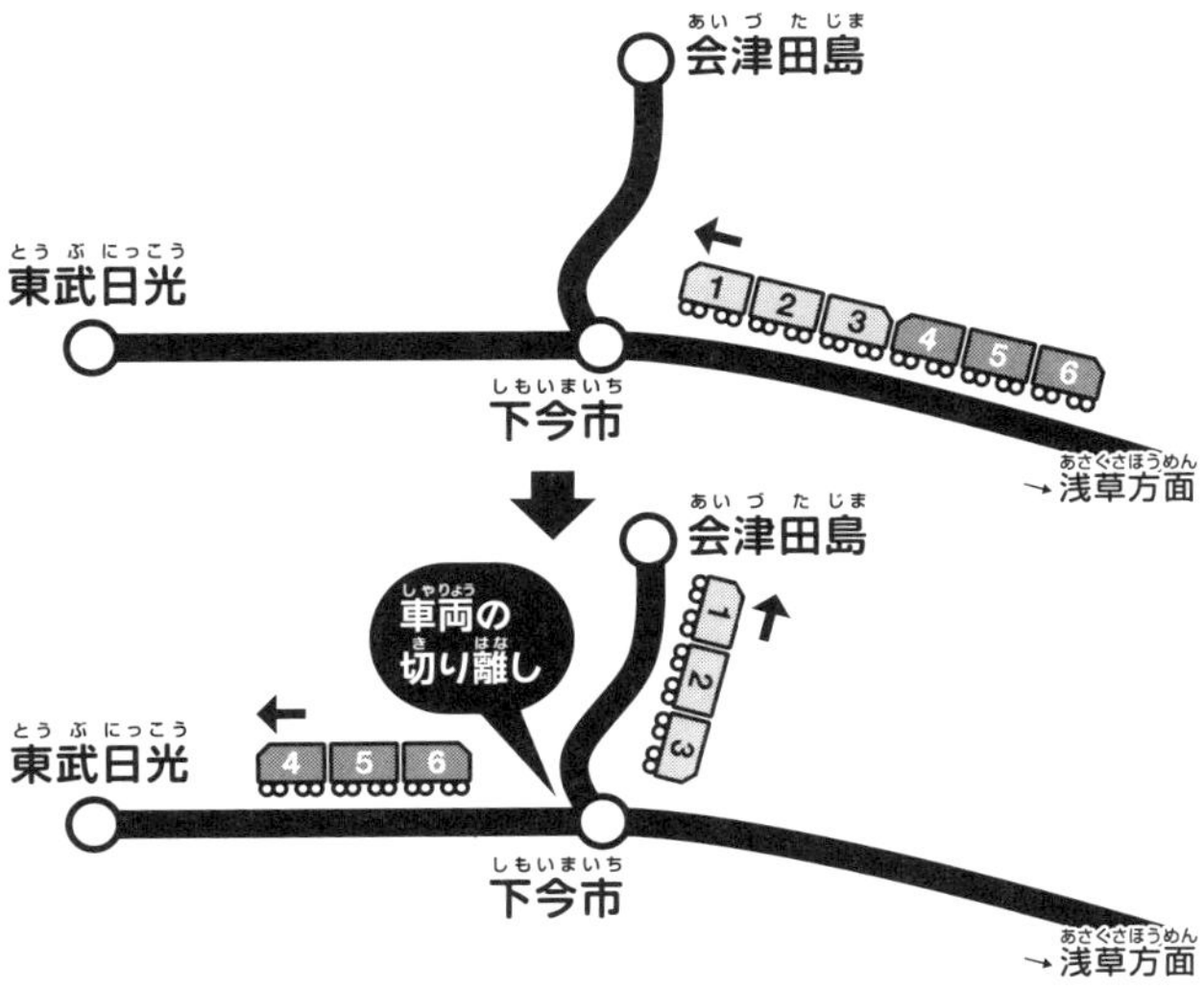

車掌《しゃしょう》さんが運転台《うんてんだい》から出《で》てきて、ドアを開閉《かいへい》させる車掌《しゃしょう》スイッチに右手《みぎて》をかけたまま、ホームに立《た》ち、お客《きゃく》さんの乗《の》り降《お》りの安全確認《あんぜんかくにん》を行《おこな》う。

ピィイ！　プシュユユユユ……。

笛《ふえ》の音《おと》に続《つづ》いて空気《くうき》の抜《ぬ》ける音《おと》がして、リバティの扉《とびら》が静《しず》かに閉《し》まった。

三両編成《りょうへんせい》となったリバティ会津《あいづ》が、鬼怒川線《きぬがわせん》へと走《はし》り去《さ》っていく。

あれ？　なんだろう、この感《かん》じは。

何《なに》か違和感《いわかん》がある。……今《いま》までの東武鉄道《とうぶてつどう》と何《なに》か違《ちが》うような。

ゆっくりと周囲《しゅうい》を見渡《みわた》していた僕《ぼく》の横《よこ》をみんなが、タタッと早足《はやあし》で歩《ある》いていく。

「雄太君《ゆうたくん》！　電車《でんしゃ》が発車《はっしゃ》しちゃうよ～」

「うっ……うん」

七海《ななみ》ちゃんに促《うなが》されて、違和感《いわかん》が何《なに》かはわからないまま僕《ぼく》は4号車《ごうしゃ》へ戻《もど》った。

三両編成《りょうへんせい》になったリバティけごんは下今市《しもいまいち》を10時《じ》47分《ふん》に出発《しゅっぱつ》。

終点《しゅうてん》の東武日光《とうぶにっこう》3番線《ばんせん》に10時《じ》54分《ぷん》に到着《とうちゃく》した。

東武日光《とうぶにっこう》のホームは頭端式《とうたんしき》で、六《むっ》つある番線《ばんせん》が扇状《おうぎじょう》に広《ひろ》がっている。

「あっ、あれはなに!?」

リバティから降《お》りた瞬間《しゅんかん》に航君《こうくん》が6番線《ばんせん》を指《ゆび》さして、驚《おどろ》いたような声《こえ》をあげた。

航君《こうくん》がびっくりするのも無理《むり》はない。

6番線《ばんせん》には黄金色《おうごんいろ》の六両編成《りょうへんせい》の特急電車《とっきゅうでんしゃ》が、デーンと停車《ていしゃ》していたのだから。

黄金《おうごん》に輝《かがや》く列車《れっしゃ》なんて、普通《ふつう》、見《み》たことないよね。

しかも、その金色《きんいろ》の側面《そくめん》に漆黒《しっこく》のラインがズバーとカッコよく入《はい》っているんだ。

その上《うえ》、屋根《やね》の近《ちか》くと足元《あしもと》には朱色《しゅいろ》の細《ほそ》いライン。

朱色《しゅいろ》は神社《じんじゃ》の鳥居《とりい》などに使《つか》われる独特《どくとく》の色《いろ》で、全体《ぜんたい》が厳《おごそ》かな雰囲気《ふんいき》なんだ。

もちろん、僕《ぼく》のテンションも上《あ》がっちゃう!

「おぉ〜!　今日《きょう》はここにいたんだ」

「ねえ、あれはなんていう電車《でんしゃ》なの?　大樹君《たいきくん》!」

七海《ななみ》ちゃんが大樹《たいき》の右腕《みぎうで》を軽《かる》くつかむ。

「東武鉄道《とうぶてつどう》100系《けい》の『日光詣《にっこうもうで》スペーシア編成《へんせい》』ですね。さっき通《とお》り過《す》ぎた車両基地《しゃりょうきち》にも100系《けい》は停《と》まっていましたよ」

「へぇ〜あれと同《おな》じ形《かたち》の特急電車《とっきゅうでんしゃ》？　そうは見《み》えないなぁ」

航君《こうくん》は首《くび》をひねった。

「この『日光詣《にっこうもうで》スペーシア編成《へんせい》』は新宿《しんじゅく》でも見《み》られるんだよ」

僕《ぼく》がそう言《い》うと、七海《ななみ》ちゃんと航君《こうくん》はいっせいに振《ふ》り向《む》いた。

『えっ!?　本当《ほんとう》に!?』

七海《ななみ》ちゃんの目《め》がすっと細《ほそ》くなる。

「あ〜！　もう、そんな手《て》にはひっかからないぞぉ〜雄太君《ゆうたくん》」

「ひ、ひっかけるなんて、僕《ぼく》はそんなことしないよぉ〜」

僕《ぼく》があわてて首《くび》を横《よこ》に振《ふ》ると、七海《ななみ》ちゃんはムンズと胸《むね》の前《まえ》に腕《うで》を組《く》んで顔《かお》をつきだした。

「東武鉄道《とうぶてつどう》が新宿《しんじゅく》に来《き》てないことくらい私《わたし》だって知《し》っているもん！」

七海《ななみ》ちゃんは名探偵《めいたんてい》のように得意《とくい》げに続《つづ》ける。

「東武東上線《とうぶとうじょうせん》は池袋《いけぶくろ》から寄居《よりい》まで。浅草《あさくさ》から伸《の》びる東武《とうぶ》スカイツリーラインは東武日光方《とうぶにっこうほう》面《めん》へ向《む》かう路線《ろせん》でしょ？　他《ほか》にも大宮《おおみや》から船橋《ふなばし》へ向《む》かう野田線《のだせん》とか、東武動物公園《とうぶどうぶつこうえん》から伊《い》勢崎《せさき》へ向《む》かう伊勢崎線《いせさきせん》があるけど、関東《かんとう》の東《ひがし》のほうにしかないじゃない」

一気《いっき》に言《い》うと、七海《ななみ》ちゃんは「どうよ」とばかり、フンッと鼻《はな》から息《いき》をぬいた。

「あの〜」

七海《ななみ》ちゃんの肩《かた》をとんとんと叩《たた》き、すまなそうな顔《かお》で声《こえ》をかけたのは大樹《たいき》だった。

「大変言《たいへんい》いにくいのですが……実《じつ》はこのスペーシアは本当《ほんとう》に新宿《しんじゅく》でも走《はし》っているんです」

「え――――っ!?　どうして〜!?」

自信満々《じしんまんまん》だった七海《ななみ》ちゃんの口《くち》がぽかんと開《ひら》く。あごがカック〜ンと外《はず》れそうだ。

僕《ぼく》は両手《りょうて》をレールに見立《みた》てて説明《せつめい》する。

「東武鉄道《とうぶてつどう》もＪＲ《ジェイアール》の在来線《ざいらいせん》も軌道幅《きどうはば》は、おなじみの１０６７ミリ。だから、電気系統《でんきけいとう》の規《き》格《かく》を調整《ちょうせい》すれば、それぞれの電車《でんしゃ》がお互《たが》いの線路《せんろ》を走《はし》ることができるんだ」

「確《たし》か〜相互乗《そうごの》り入《い》れって言《い》ったっけ？」

航君《こうくん》は確認《かくにん》するように言《い》う。

「そうそう。そして、スペーシア用特急電車《ようとっきゅうでんしゃ》１００系《けい》の中《なか》でも、いくつかの編成《へんせい》がＪＲ直《ジェイアールちょく》通運転《つううんてん》に対応《たいおう》していて、この日光詣《にっこうもうで》スペーシア編成《へんせい》も、その一《ひと》つなんだ」

「そうなんだぁ。知《し》らなかったよぉ～」

あ然《ぜん》としている七海《ななみ》ちゃんに大樹《たいき》が説明《せつめい》を続《つづ》ける。

「東武日光《とうぶにっこう》を出発《しゅっぱつ》したスペーシアJR新宿行《ジェイアールしんじゅくいき》は、下今市《しもいまいち》、新鹿沼《しんかぬま》、栃木《とちぎ》と東武日光線《とうぶにっこうせん》を走《はし》っていますが、JR《ジェイアール》の線路《せんろ》と隣接《りんせつ》している栗橋駅構内《くりはしえきこうない》にある連絡線《れんらくせん》を経由《けいゆ》し、東北本線《とうほくほんせん》に乗《の》り入《い》れて大宮《おおみや》まで走《はし》り、そこから湘南新宿《しょうなんしんじゅく》ラインを通《とお》って新宿《しんじゅく》へ行《い》くんです」

「ちなみにJR《ジェイアール》のほうも同《おな》じルートで日光《にっこう》を往復《おうふく》する特急《とっきゅう》を走《はし》らせていて、そっちは真《ま》っ赤《か》な253系《けい》を使用《しよう》した『特急《とっきゅう》・日光《にっこう》』って名前《なまえ》の列車《れっしゃ》なんだよ」

七海《ななみ》ちゃんは「ふぅ」と小《ちい》さなため息《いき》をついて肩《かた》を落《お》とした。

「まだまだだなぁ～私《わたし》って」

そんな七海《ななみ》ちゃんの肩《かた》を僕《ぼく》はバシッとたたく。

「ドンマイ！　ドンマイ！　知《し》らなかったというのは、恥《は》ずかしいことなんかじゃないよ」

「……雄太君《ゆうたくん》」

「電車《でんしゃ》ファンは『電車《でんしゃ》が好《す》き』っていうだけでいいんだから！　ひとつひとつ、楽《たの》しく覚《おぼ》えていけばいいんだよ！」

七海《ななみ》ちゃんの顔《かお》は一瞬《いっしゅん》でふわっと明《あか》るくなった。

「そうだねっ！　今《いま》、教《おし》えてもらって、このスペーシアが新宿《しんじゅく》で見《み》られることもわかったし。ありがとう、雄太君《ゆうたくん》！」

「よしっ、じゃあ日光東照宮《にっこうとうしょうぐう》へ行《い》こう！」

僕《ぼく》らは手《て》を挙《あ》げて『おー――う!!』と声《こえ》を勢《いきお》いよくあげた。

5 大樹《たいき》のSL《エスエル》!?

東武日光《とうぶにっこう》から世界遺産《せかいいさん》の日光東照宮《にっこうとうしょうぐう》までは少《すこ》し距離《きょり》があったのでバスに乗《の》った。

赤《あか》と黒《くろ》に塗《ぬ》られた少《すこ》しコンパクトな車両《しゃりょう》だった。

日光《にっこう》は、海外《かいがい》の人《ひと》にも大人気《だいにんき》のスポット。

バスの中《なか》にも外国人観光客《がいこくじんかんこうきゃく》がいっぱいだった。様々《さまざま》な知《し》らない言葉《ことば》が飛《と》び交《か》っていて、なんだか不思議《ふしぎ》な感《かん》じ。

アメリカで暮《く》らしているさくらちゃんの毎日《まいにち》もこんな感《かん》じなのかな〜？

ふと僕《ぼく》は、そんなことを思《おも》った。

大猷院《たいゆういん》・二荒山神社前《ふたらさんじんじゃまえ》というバス停《てい》で下車《げしゃ》し、石畳《いしだたみ》を五分《ふん》くらい歩《ある》くと、大《おお》きな石《いし》の鳥《とり》居《い》の前《まえ》に出《で》た。

航君《こうくん》は「うわぁー、本当《ほんとう》に東照宮《とうしょうぐう》に来《こ》れちゃったよ！」とすごく喜《よろこ》んでいる。

ここから先《さき》は、歴史大好《れきしだいす》きの航君《こうくん》の独壇場《どくだんじょう》。

「この石鳥居《いしどりい》は、九州筑前《きゅうしゅうちくぜん》……今《いま》の福岡辺《ふくおかあた》りを治《おさ》めていた藩主《はんしゅ》、黒田長政《くろだながまさ》によって造《つく》られたんだよ。巨石《きょせき》もわざわざ九州《きゅうしゅう》から船《ふね》を使《つか》って運《はこ》んだんだって」

「え〜っ、この石《いし》、九州《きゅうしゅう》から来《き》たものなの？」

七海《ななみ》ちゃんがびっくりした顔《かお》で、石《いし》の鳥居《とりい》をぺたぺたと触《さわ》る。

「そうなんだ。船《ふね》で栃木県《とちぎけん》の小山《おやま》まで運《はこ》ばれて、その後《ご》は人力《じんりき》で持《も》ってきたんだって！」

キラキラと目《め》を輝《かがや》かせて航君《こうくん》は、説明《せつめい》してくれる。

左《ひだり》に、五《いつ》つの屋根《やね》が重《かさ》なっている、真《ま》っ赤《か》な五重《ごじゅう》の塔《とう》が建《た》っていた。

五重塔《ごじゅうのとう》の先端《せんたん》は金《きん》や緑《みどり》で塗《ぬ》られていて、とってもきらびやか。

ここで入場料《にゅうじょうりょう》を払《はら》い、大迫力《だいはくりょく》の仁王像《におうぞう》が左右《さゆう》を守《まも》る、真《ま》っ赤《か》な表門《おもてもん》をくぐっていく。

表門《おもてもん》を入《はい》ると、お祭《まつ》りで使《つか》う馬具《ばぐ》や装飾品《そうしょくひん》が収《おさ》められた「三神庫《さんじんこ》」と呼《よ》ばれる倉庫《そうこ》や、本物《ほんもの》の馬《うま》をつないでおく「神厩舎《しんきゅうしゃ》」って名前《なまえ》の馬小屋《うまごや》が左右《さゆう》に並《なら》んでいた。

これもみんな、航君《こうくん》が教《おし》えてくれたんだよ。すごいよね。

どの建物《たてもの》も赤《あか》、金《きん》、緑《みどり》で彩《いろど》られ、ド派手《はで》だ。

そして神厩舎《しんきゅうしゃ》の壁《かべ》には、よく知《し》られている彫刻《ちょうこく》がある。

「あっ！　お猿《さる》さん！」

一番最初《いちばんさいしょ》に気《き》づいたのは七海《ななみ》ちゃん。

七海《ななみ》ちゃんの指《ゆび》が示《しめ》していたのは、きれいな色《いろ》の塗《ぬ》られた猿《さる》の木彫《きぼ》りだった。

大樹《たいき》はメガネの真《ま》ん中《なか》に、右《みぎ》の人差《ひとさ》し指《ゆび》と中指《なかゆび》をそろえ、うなずく。

「これが有名《ゆうめい》な三猿《さんざる》『見《み》ざる・言《い》わざる・聞《き》かざる』ですね」

「でも、どうして馬小屋《うまごや》の壁《かべ》にお猿《さる》さんの彫刻《ちょうこく》なのかな～？」

航君《こうくん》がニコッと笑《わら》って、教《おし》えてくれる。

「昔《むかし》から猿《さる》が馬《うま》を守《まも》ると言《い》われているからなんだ」

ちなみにこのお猿《さる》さんは、全部《ぜんぶ》で十六匹《じゅうろっぴき》彫《ほ》られていて、生《う》まれてから死《し》ぬまでの人間《にんげん》の一生《いっしょう》が描《えが》かれているんだって。

そして、日光東照宮《にっこうとうしょうぐう》のクライマックスは、なんといってもご本社《ほんしゃ》の入口《いりぐち》に立《た》つ陽明門《ようめいもん》！

びっくりするほどけんらん豪華《ごうか》なんだよ。

幾重《いくえ》にも重《かさ》なった漆塗《うるしぬ》りの黒《くろ》い木《き》は金箔《きんぱく》や金具《かなぐ》に包《つつ》まれ、その周囲《しゅうい》には真《ま》っ白《しろ》な動物《どうぶつ》の彫刻《ちょうこく》が並《なら》び、陽《ひ》の光《ひかり》を浴《あ》び、全体《ぜんたい》がキラキラと光《ひか》り輝《かがや》いている。

陽明門《ようめいもん》の奥《おく》には唐門《からもん》、ご本社《ほんしゃ》、神輿舎《しんよしゃ》、祈祷殿《きとうでん》があるんだけど、どの建物《たてもの》も最近《さいきん》お色直《いろなお》しをしたばかりで、屋根瓦《やねがわら》は漆黒《しっこく》、柱《はしら》は真《ま》っ赤《か》、金具《かなぐ》は金色《きんいろ》でみんなピカピカだった。

航君《こうくん》はご本社《ほんしゃ》の正面《しょうめん》に立《た》ち、屋根《やね》の真《ま》ん中《なか》を右手《みぎて》の人差《ひとさ》し指《ゆび》でビシッと示《しめ》す。

「日光東照宮《にっこうとうしょうぐう》は北極星《ほっきょくせい》がバックになるように造《つく》られていて、そのまま参道《さんどう》を南《みなみ》へ伸《の》ばしていくと、江戸城《えどじょう》に一直線《いっちょくせん》にたどり着《つ》くんだよ！」

すごい！　日光東照宮《にっこうとうしょうぐう》と江戸城《えどじょう》にそんな関係《かんけい》があったなんて！

「本当《ほんとう》によく知《し》ってるんだね。あれ？　日光東照宮《にっこうとうしょうぐう》って徳川家康《とくがわいえやす》が造《つく》ったんだっけ？」

僕《ぼく》がつぶやくと、航君《こうくん》がすかさず答《こた》える。

「ちょっと違《ちが》うんだ。徳川家康《とくがわいえやす》はここに祀《まつ》られている人《ひと》だよ。二代将軍秀忠《だいしょうぐんひでただ》が久能山《くのうざん》に埋葬《まいそう》されていた家康《いえやす》の遺体《いたい》を日光《にっこう》に移《うつ》したんだ。こういった豪華《ごうか》な社《やしろ》が造《つく》られたのは、三代《だい》将軍家光《しょうぐんいえみつ》の時代《じだい》になってからだけどね」

「へぇ～そうなんだ。よかったよ、日光《にっこう》に航君《こうくん》とこれて！」

「どうして？」

首《くび》をかしげる航君《こうくん》に僕《ぼく》は微笑《ほほえ》む。

「だって、僕《ぼく》たちは歴史《れきし》の知識《ちしき》がないから、せっかく日光《にっこう》に来《き》ても、ただ『きれいだなぁ。すごいなぁ』で終《お》わっちゃう。でも、今日《きょう》は航君《こうくん》にいろいろ教《おし》えてもらえたから、こういう建物《たてもの》のことや歴史《れきし》がおもしろそうだな、もっと知《し》りたいなって思《おも》えてきたよ」

「ほんと？」

「うん。歴史《れきし》は社会《しゃかい》の教科《きょうか》ってだけじゃないんだなって。こういう建物《たてもの》を造《つく》った人《ひと》がほんとにいたんだなって今日《きょう》、感《かん》じたんだ。今《いま》と昔《むかし》はつながっているんだって気《き》づけたのも、航君《こうくん》のおかげだよ」

「それは僕《ぼく》も同《おな》じ気持《きも》ちだよ」

航君《こうくん》が僕《ぼく》の目《め》を見《み》て続《つづ》ける。

「今《いま》まで鉄道《てつどう》は移動手段《いどうしゅだん》ぐらいにしか思《おも》ってなかったから、移動中《いどうちゅう》はつまんなくって、本《ほん》を読《よ》んで暇《ひま》つぶしをすることが多《おお》かったんだ。でも、みんなの話《はなし》を聞《き》いていたら、電車《でんしゃ》にもいろいろあって、歴史《れきし》もあって、少《すこ》し知《し》るだけでもおもしろいなぁって思《おも》った。だって今日《きょう》は一度《いちど》も本《ほん》を開《ひら》いていないよ。T3《ティースリー》のみんなと乗《の》る電車《でんしゃ》が楽《たの》しくってさ」

航君《こうくん》は自分《じぶん》のデイパックをポンとたたいて、ニコッと笑《わら》った。

僕《ぼく》の胸《むね》がドクンと鳴《な》る。電車《でんしゃ》を楽《たの》しんでくれる友《とも》だちが増《ふ》えるのは本当《ほんとう》にうれしい。

「ありがとう！　電車《でんしゃ》を楽《たの》しんでくれて！」

僕《ぼく》が差《さ》し出《だ》した右手《みぎて》を、航君《こうくん》はちょっと照《て》れながら握《にぎ》った。

「まだ……僕《ぼく》は電車《でんしゃ》のことは、なにも知《し》らないけど」

僕《ぼく》は手《て》に力《ちから》をこめる。


「鉄道《てつどう》が楽《たの》しいなら、僕《ぼく》らは鉄《てつ》トモさ！」


その手《て》の上《うえ》に大樹《たいき》と七海《ななみ》ちゃんの手《て》が乗《の》っかった。

「もちろん、僕《ぼく》もですよ」

「私《わたし》も～」

僕《ぼく》らは目《め》を見《み》つめながら、ニヒッと笑《わら》い合《あ》った。

再《ふた》び大猷院《たいゆういん》・二荒山神社前《ふたらさんじんじゃまえ》12時《じ》15分発《ふんはつ》のバスに乗《の》り、東武日光《とうぶにっこう》へ戻《もど》る。

約七分《やくふん》で到着《とうちゃく》した東武日光《とうぶにっこう》の駅舎《えきしゃ》は、少《すこ》しレトロな山小屋風《やまごやふう》。

白《しろ》い建物《たてもの》の上《うえ》に、茶色《ちゃいろ》の大《おお》きな三角屋根《さんかくやね》が載《の》っている。

二階《かい》には木《き》で作《つく》られたベランダがあり、その上《うえ》に駅名《えきめい》が白《しろ》い木《き》で書《か》かれていた。

「そろそろお昼《ひる》か〜」

七海《ななみ》ちゃんがつぶやいた瞬間《しゅんかん》、僕《ぼく》は遠藤《えんどう》さんからの指示《しじ》を思《おも》い出《だ》した。

「そうだっ！　遠藤《えんどう》さんから言《い》われていたんだった！」

「なにを？」

「そんなの一《ひと》つしかないじゃん」

僕《ぼく》と七海《ななみ》ちゃんは同時《どうじ》に叫《さけ》ぶ。

『駅弁《えきべん》〜!!』

遠藤《えんどう》さんは駅弁鉄《えきべんてつ》。一度《いちど》に何個《なんこ》も駅弁《えきべん》を食《た》べちゃうほど食《く》いしん坊《ぼう》でもある。

夢《ゆめ》は「日本中《にほんじゅう》の駅弁《えきべん》を完食《かんしょく》する」ことらしいんだけど、駅弁《えきべん》は次々《つぎつぎ》に新《あたら》しいものが生《う》まれるから、一生《いっしょう》かかっても達成《たっせい》できなそうなんだって。

そんな駅弁《えきべん》好《ず》きの遠藤《えんどう》さんから「日光《にっこう》で買《か》うべき駅弁《えきべん》」の指令《しれい》があったんだ。

「下今市《しもいまいち》から出《で》る列車内《れっしゃない》で食《た》べようと思《おも》うんだけど、『下今市《しもいまいち》だと売《う》り切《き》れていることがあるから、先《さき》に東武日光《とうぶにっこう》で買《か》っておいたほうがいいよ』って言《い》われていたんだ」

「さすが遠藤《えんどう》さん！　指令《しれい》が細《こま》かい」

「じゃあ、僕《ぼく》は駅弁《えきべん》を買《か》ってくるから、大樹《たいき》はきっぷのほうをよろしく」

大樹《たいき》は「わかった」と言《い》って、きっぷ売《う》り場《ば》へ向《む》かった。

僕《ぼく》は売店《ばいてん》で、遠藤《えんどう》さんおすすめの駅弁《えきべん》を探《さが》す。

「え～と……日光《にっこう》……日光《にっこう》……あった！　これだっ」

「何《なに》にいたしましょう？」

やさしく応対《おうたい》してくれたおばちゃんに、僕《ぼく》は金《きん》の紙《かみ》が掛《か》けられた駅弁《えきべん》を指差《ゆびさ》す。

「これを四《よっ》つ、ください！」

「ありがとうございます。一《ひと》つ一三五〇円《えん》ですので四《よっ》つで五四〇〇円《えん》ですね」

正直《しょうじき》、ちょっと高《たか》いよね。でも、大丈夫《だいじょうぶ》。今日《きょう》はこの駅弁《えきべん》を食《た》べるって決《き》めていたんだ。

だからみんな、このお昼《ひる》ご飯代《はんだい》をお父《とう》さんやお母《かあ》さんからちゃんともらってきている。

おばちゃんは白《しろ》いビニール袋《ぶくろ》に駅弁《えきべん》を入《い》れて手渡《てわた》してくれる。

「ありがとうございます！」

僕《ぼく》が駅弁《えきべん》を持《も》って戻《もど》ると、大樹《たいき》がきっぷを渡《わた》しているところだった。

「では、ここから新《あたら》しいきっぷになります」

大樹《たいき》が配《くば》ったきっぷは、東武日光《とうぶにっこう》から下今市《しもいまいち》までの乗車券《じょうしゃけん》。値段《ねだん》は一〇〇円《えん》。

自動改札機《じどうかいさつき》を通《とお》り抜《ぬ》け、天井《てんじょう》から吊《つ》るされている列車案内板《れっしゃあんないばん》を見上《みあ》げる。

「次《つぎ》の新栃木《しんとちぎ》行《いき》普通電車《ふつうでんしゃ》は……2番線《ばんせん》だね」

リバティから下車《げしゃ》した時《とき》と逆《ぎゃく》の、右側《みぎがわ》のホームへ向《む》かって階段《かいだん》を下《お》りる。

2番線《ばんせん》には、白《しろ》い車体《しゃたい》にオレンジのラインの入《はい》った電車《でんしゃ》が停《と》まっていた。

ひと目《め》でちょっと古《ふる》い車両《しゃりょう》だってすぐにわかる。

四両編成《りょうへんせい》で、正面《しょうめん》の貫通扉《かんつうとびら》の左右《さゆう》には二《ふた》つの窓《まど》があった。

「これは6050系《けい》って車両《しゃりょう》のようです」

大樹《たいき》が手帳《てちょう》を開《ひら》きながらつぶやく。

「その『～系《けい》』とか『～形《がた》』っていうのは、なんなの？　大樹君《たいきくん》」

お、いい質問《しつもん》だね、航君《こうくん》。

「車両形式《しゃりょうけいしき》というものなんです。これで車両《しゃりょう》を区別《くべつ》できるんですよ」

「乗用車《じょうようしゃ》の車種名《しゃしゅめい》みたいなものなのかな？」

「まさにそんな感《かん》じですね。ＪＲ《ジェイアール》では車両単体《しゃりょうたんたい》の時《とき》は『形《がた》』といい、連結《れんけつ》した編成《へんせい》の時《とき》は『系《けい》』を使《つか》います。ですので、機関車《きかんしゃ》は『Ｄ《ディー》５１形《がた》』『ＥＦ《イーエフ》６５形《がた》』、電車《でんしゃ》などのまとまった編成《へんせい》で呼《よ》ぶ時《とき》は『Ｅ《イー》２３１系《けい》』『１８５系《けい》』といいます」

そこで僕《ぼく》も参入《さんにゅう》！

「だからさぁ、ローカル線《せん》を一両《りょう》で走《はし》るディーゼルカーの時《とき》は『キハ４０形《がた》』って言《い》うけど、長《なが》い編成《へんせい》で走《はし》らせた場合《ばあい》は『キハ４０系《けい》』って言《い》っていいんだ」

「鉄道会社《てつどうがいしゃ》によってルールが違《ちが》いますので、今《いま》のルールはあくまでＪＲ《ジェイアール》の場合《ばあい》は……というものなのですが」

「そうそう。朝一緒《あさいっしょ》に乗《の》った都営線《とえいせん》の場合《ばあい》は、何両編成《なんりょうへんせい》でも『形《がた》』だからね」

「なるほどぉ～！　名前《なまえ》のルールだけでもいろいろあっておもしろいね」

航君《こうくん》はニコリと笑《わら》った。

お客《きゃく》さんは少《すく》なく、先頭車《せんとうしゃ》に乗《の》っているのは僕《ぼく》ら四人《よにん》だけだった。

真《ま》っ赤《か》な「モケット」という毛《け》の短《みじか》い生地《きじ》が張《は》られた、向《む》かい合《あ》わせのボックスシートを見《み》た七海《ななみ》ちゃんは、胸《むね》の前《まえ》でパチンと両手《りょうて》を鳴《な》らす。

「うわっ、『旅行《りょこう》へ行《い》く電車《でんしゃ》』って感《かん》じがするね」

「今《いま》の電車《でんしゃ》には、こういうシートは見《み》かけないから楽《たの》しいよね」

僕《ぼく》は七海《ななみ》ちゃんにうなずいた。

「旅行気分《りょこうきぶん》が盛《も》り上《あ》がっちゃうよぉ！」

東武鉄道《とうぶてつどう》の６０５０系《けい》は車両《しゃりょう》の前《まえ》と後《うし》ろの2か所《しょ》にしか扉《とびら》がないから、通勤電車《つうきんでんしゃ》とは違《ちが》って車内《しゃない》にはたくさんのボックスシートが並《なら》び、窓際《まどぎわ》にはお茶《ちゃ》や缶《かん》コーヒーを置《お》けそうな、折《お》り畳《たた》み式《しき》の小《ちい》さなテーブルまでついている。

天井《てんじょう》には今《いま》では珍《めずら》しくなった蛍光灯《けいこうとう》が並《なら》んでいるんだけど、古《ふる》いカバーのせいで光《ひかり》が黄《き》みがかっていたり、もともとの白壁《しらかべ》がクリーム色《いろ》になっていたり。レトロ感満載《かんまんさい》だ。

座《すわ》ると、シートはポワンと僕《ぼく》らを包《つつ》みこんだ。

大樹《たいき》はポスポスとシートを押《お》しながら弾力《だんりょく》をチェックする。

「６０５０系《けい》は、もともと浅草《あさくさ》から日光《にっこう》・鬼怒川方面《きぬがわほうめん》への快速列車《かいそくれっしゃ》に使《つか》われていただけあって、シートがいいですね」

「そっか〜。快速用車両《かいそくようしゃりょう》だったから、トイレやゴミ箱《ばこ》なんかもついているんだね」

僕《ぼく》も納得《なっとく》。

12時《じ》30分《ぷん》になるとドアがガラガラと閉《し》まり、新栃木行普通電車《しんとちぎいきふつうでんしゃ》は東武日光《とうぶにっこう》を発車《はっしゃ》した。

駅《えき》を出《で》てしばらくすると、右側《みぎがわ》に、黒《くろ》い瓦屋根《かわらやね》に白《しろ》い壁《かべ》の古風《こふう》な洋館《ようかん》が見《み》えてくる。

「あれはなんだろう？」

七海《ななみ》ちゃんがつぶやく。大樹《たいき》が窓《まど》の外《そと》をのぞきこんだ。

「ＪＲ《ジェイアール》日光駅《にっこうえき》ですね」

「うわぁ〜すてき。レトロでカッコいいね！　函館《はこだて》の教会《きょうかい》みた〜い」

「あの駅舎《えきしゃ》は１９１２年《ねん》（大正元年《たいしょうがんねん》）にできたものだそうですよ」

『１９１２年《ねん》!?』

一〇〇年《ねん》以上前《いじょうまえ》の駅《えき》なんて。それにはさすがに僕《ぼく》も驚《おどろ》いてしまう。

「日光《にっこう》は昔《むかし》から観光地《かんこうち》として有名《ゆうめい》だったので、お召《め》し列車《れっしゃ》なんかも来《き》ていたそうです。ですので、駅舎《えきしゃ》一階《いっかい》にはシャンデリアと大理石製《だいりせきせい》の暖炉《だんろ》が備《そな》えられた貴賓室《きひんしつ》。二階《かい》にはかつては一等車利用者用待合室《いっとうしゃりようしゃようまちあいしつ》として利用《りよう》された『ホワイトルーム』があったそうですよ」

ちなみに昔《むかし》の一等車《いっとうしゃ》は、新幹線最高《しんかんせんさいこう》シート「グランクラス」くらいの値段《ねだん》だったらしいよ。

右側《みぎがわ》を流《なが》れていく真《ま》っ白《しろ》な建物《たてもの》を見送《みおく》りながら、僕《ぼく》は想像《そうぞう》してみる。

かつてここに蒸気機関車《じょうききかんしゃ》に牽《ひ》かれたお召《め》し列車《れっしゃ》が来《き》ていた時代《じだい》のことを。

そんな時代《じだい》の鉄道《てつどう》に、乗《の》ってみたかったなぁ〜。

普通列車《ふつうれっしゃ》は途中《とちゅう》、上今市《かみいまいち》にだけ停車《ていしゃ》し、午前中《ごぜんちゅう》にリバティの分割《ぶんかつ》を見《み》た下今市《しもいまいち》へ戻《もど》る。

下今市《しもいまいち》の３番線《ばんせん》に到着《とうちゃく》すると、向《む》かいのホームには青《あお》い客車《きゃくしゃ》が三両並《りょうなら》んでいた。

その青《あお》い客車《きゃくしゃ》に、朱色《しゅいろ》のディーゼル機関車《きかんしゃ》ＤＥ《ディーイー》１０が連結《れんけつ》されている。

そして、視線《しせん》を左《ひだり》へ移《うつ》した七海《ななみ》ちゃんと航君《こうくん》は悲鳴《ひめい》のような声《こえ》をあげる。

『蒸気機関車《じょうききかんしゃ》だ――――っ!!』

そう、そこには蒸気機関車《じょうききかんしゃ》が停車《ていしゃ》していたんだ。

青《あお》い客車《きゃくしゃ》を挟《はさ》み、先頭《せんとう》はディーゼル機関車《きかんしゃ》。最後尾《さいこうび》は蒸気機関車《じょうききかんしゃ》！

フォォォォォォォォォォォォォ！

地面《じめん》をゆさぶるような蒸気機関車《じょうききかんしゃ》の警笛《けいてき》が鳴《な》る。

ピィイィとディーゼル機関車《きかんしゃ》が答《こた》える。

ガシャン……ガシャン……ガシャン……ガシャン……ガシャン……。

これは連結器同士《れんけつきどうし》が当《あ》たる音《おと》だ。

ディーゼル機関車《きかんしゃ》が、客車《きゃくしゃ》と蒸気機関車《じょうききかんしゃ》を牽《ひ》いていく。

ジュホ……ジュホ……ジュホ……ジュホ……。

蒸気機関車《じょうききかんしゃ》が車輪前方《しゃりんぜんぽう》のピストンから白《しろ》い蒸気《じょうき》を吐《は》き出《だ》しながら、僕《ぼく》らの前《まえ》を通《とお》り過《す》ぎていく。

次《つぎ》の瞬間《しゅんかん》、七海《ななみ》ちゃんと航君《こうくん》は、さっきよりももっと大《おお》きな声《こえ》で叫《さけ》んだ。

『SL《エスエル》大樹《たいき》――――!?』

蒸気機関車《じょうききかんしゃ》の上部《じょうぶ》にはドラム缶《かん》を横《よこ》にしたようなボイラーが積《つ》んであり、正面《しょうめん》には車両《しゃりょう》

C11 207
大樹
TAIJU

形式《けいしき》を表《あらわ》す「C《シー》11　207」プレートがかかげてある。そしてその下《した》に列車名《れっしゃめい》を示《しめ》す丸《まる》い大《おお》きなヘッドマークがあるんだけど、そこに「大樹《たいき》」と書《か》かれていたのだ。

シュシュとバックしていく蒸気機関車《じょうききかんしゃ》の正面《しょうめん》を、興奮《こうふん》マックスの七海《ななみ》ちゃんがブンブンと腕《うで》を振《ふ》り回《まわ》しながら指差《ゆびさ》す。

「どっ、どうして大樹君《たいきくん》の名前《なまえ》が蒸気機関車《じょうききかんしゃ》に!?」

航君《こうくん》も口《くち》をパックリ開《あ》けてあ然《ぜん》としている。

「まさか、東武鉄道《とうぶてつどう》では自分《じぶん》の名前《なまえ》を列車名《れっしゃめい》にしてくれるサービスもあるの？　それとも元々《もともと》、特急《とっきゅう》『大樹《たいき》』って名前《なまえ》の列車《れっしゃ》が東武鉄道《とうぶてつどう》にはあったの!?」

僕《ぼく》も大樹《たいき》もこの列車《れっしゃ》のことは知《し》っていた。

二人《ふたり》が驚《おどろ》いてくれるかな〜と思《おも》って、さっき転車台《てんしゃだい》を見《み》つけた時《とき》は言《い》わなかったんだ。

大樹《たいき》はエへへと照《て》れたように笑《わら》った。

「そうだとうれしいのですが……あれは『SL大樹《エスエルたいじゅ》』なんです」

『SL《エスエル》たいじゅ!?』

「力強《ちからづよ》く大《おお》きく育《そだ》ってほしいとの思《おも》いをこめて、そう命名《めいめい》したようですよ」

「大樹君《たいきくん》の名前《なまえ》じゃないの〜!?　そうかぁ大《おお》きな木《き》って意味《いみ》の『大樹《たいじゅ》』なのねぇ〜」

納得《なっとく》したように、七海《ななみ》ちゃんはウンウンとうなずく。

「このSL《エスエル》大樹《たいじゅ》は去年《きょねん》の夏《なつ》から走《はし》りはじめたばかりなんです」

バックで東京方面《とうきょうほうめん》へ走《はし》り去《さ》ったSL《エスエル》大樹《たいじゅ》は、いくつかのポイントを越《こ》えて下今市駅《しもいまいちえき》から二〇〇メートルほど離《はな》れた場所《ばしょ》に停車《ていしゃ》する。

線路《せんろ》を挟《はさ》んだ2番線《ばんせん》には、すでにたくさんのお客《きゃく》さんが集《あつ》まっていた。

「みんな、2番線《ばんせん》へ行《い》こう！　大樹《たいじゅ》に乗《の》ろうよ！」

「えっ!?　あの蒸気機関車《じょうききかんしゃ》に乗《の》れるの!?」

目《め》をキラッと輝《かがや》かせる航君《こうくん》に、大樹《たいき》がきっぷを出《だ》してトランプみたいに広《ひろ》げる。

「もちろんです。これは絶対《ぜったい》に乗《の》らなくちゃいけない列車《れっしゃ》でしょ！」

手《て》のひらサイズくらいのきっぷには、乗車区間《じょうしゃくかん》の「下今市《しもいまいち》↓鬼怒川温泉《きぬがわおんせん》」と列車名《れっしゃめい》の「SL《エスエル》大樹《たいじゅ》3号《ごう》」と大《おお》きく書《か》かれていた。

「うれしいっ！」

七海《ななみ》ちゃんがぴょんと飛《と》び上《あ》がり、同時《どうじ》に航君《こうくん》も飛《と》び上《あ》がっていた!!

「最高《さいこう》！　僕《ぼく》、蒸気機関車《じょうききかんしゃ》には一度《いちど》乗《の》ってみたかったんだ！」

今《いま》までの電車《でんしゃ》の時《とき》とは違《ちが》って、航君《こうくん》もすっごいテンション！

「明治以降《めいじいこう》の歴史《れきし》の本《ほん》には『蒸気機関車《じょうききかんしゃ》に乗《の》って』とか『蒸気機関車《じょうききかんしゃ》で何時間《なんじかん》』って内容《ないよう》が出《で》てくるんだよ。もうそんな列車《れっしゃ》には乗《の》れないと思《おも》っていたんだけど……」

「乗《の》れるんだよ！　これからすぐ！」

「早《はや》く行《い》こうよ！」

なんと、航君《こうくん》が先頭《せんとう》で走《はし》り出《だ》し、近《ちか》くの階段《かいだん》を全速力《ぜんそくりょく》で駆《か》けあがっていく。

「そ、そんなに走《はし》るとあぶないよ〜」

僕《ぼく》らは航君《こうくん》を追《お》いかけるようにして、バタバタと階段《かいだん》を上《のぼ》った。

ホームをまたぐ跨線橋《こせんきょう》を歩《ある》いていると、機関車《きかんしゃ》から汽笛《きてき》が聞《き》こえてきた。

これが動《うご》き出《だ》す合図《あいず》。機関車《きかんしゃ》は動《うご》く時《とき》に必《かなら》ず警笛《けいてき》を鳴《な》らすんだ。

僕《ぼく》らは2番線《ばんせん》へと続《つづ》く階段《かいだん》をダダダッと下《お》りて、人《ひと》の少《すく》ない場所《ばしょ》へ移動《いどう》する。

すると、正面上部《しょうめんじょうぶ》にある大《おお》きな煙突《えんとつ》から、もうもうと白《しろ》い煙《けむり》をまきあげて、C11《シー》が下《しも》今市駅《いまいちえき》へ堂々《どうどう》と向《む》かってくるのが見《み》えた。

ときおり前部《ぜんぶ》ピストンから、シュュュと蒸気《じょうき》がふき出《だ》す。

ホームに近《ちか》づけば近《ちか》づくほど、C《シー》11は周囲《しゅうい》に真《ま》っ白《しろ》な蒸気《じょうき》をはきだし続《つづ》ける。まるで雲《くも》を率《ひき》いて走《はし》ってくるみたい。

C《シー》11の両肩《りょうかた》にある、丸《まる》く大《おお》きな二《ふた》つのヘッドライトが輝《かがや》いている。

「やはり、北海道《ほっかいどう》から来《き》たSL《エスエル》って感《かん》じですね」

大樹《たいき》は昔《むかし》からの友《とも》だちにでも会《あ》ったみたいに、とってもうれしそう。

「雪《ゆき》なんかで前方《ぜんぽう》が見《み》えにくくても、あの大《おお》きなヘッドライトがあれば大丈夫《だいじょうぶ》だもんね」

僕《ぼく》と大樹《たいき》がうなずきあう。僕《ぼく》も胸《むね》がドキドキしてきた。

ポッ！　ポッ！　ポッ！

ホームにはSL《エスエル》大樹《たいじゅ》に乗《の》るお客《きゃく》さんの他《ほか》に、カメラで撮《と》ろうとしている撮《と》り鉄《てつ》の人《ひと》がたくさんいた。危険《きけん》を避《さ》けるために、蒸気機関車《じょうききかんしゃ》は警笛《けいてき》を何度《なんど》も鳴《な》らしながら入線《にゅうせん》してくる。

「この蒸気機関車《じょうききかんしゃ》は北海道《ほっかいどう》から来《き》たの？」

航君《こうくん》が前《まえ》を通《とお》り過《す》ぎる機関車《きかんしゃ》を指差《ゆびさ》しながら聞《き》く。

「ええ。東武鉄道《とうぶてつどう》さんが日光《にっこう》を盛《も》り上《あ》げるべく、JR《ジェイアール》北海道《ほっかいどう》から借《か》りてきたそうです。ですので、先頭下部《せんとうかぶ》にはレール上《じょう》の雪《ゆき》を除雪《じょせつ》する『スノープラウ』という歯《は》みたいなものがついているんです」

「はるばる北海道《ほっかいどう》から来《き》たのかぁ〜」

「あれぇ？　蒸気機関車《じょうききかんしゃ》の後《うし》ろに、なにか小《ちい》さな貨車《かしゃ》みたいなものがついてるよ。あれ、なにかわかる？　雄太君《ゆうたくん》」

七海《ななみ》ちゃんはＣ１１《シー》と客車《きゃくしゃ》に挟《はさ》まれた、二輪《りん》の黒《くろ》い貨車《かしゃ》を指差《ゆびさ》した。

「あれは車掌車《しゃしょうしゃ》なんだ」

「車掌《しゃしょう》さんの乗《の》る場所《ばしょ》ってこと？」

「そう。貨物列車《かもつれっしゃ》なんかだと貨車《かしゃ》には荷物《にもつ》しか積《つ》めないから、車掌《しゃしょう》さんの乗《の》る場所《ばしょ》がないでしょ？」

「確《たし》かに……コンテナだけとか、燃料《ねんりょう》タンクだけしかないよね」

「以前《いぜん》は、車掌車《しゃしょうしゃ》を貨物列車《かもつれっしゃ》の最後尾《さいこうび》に連結《れんけつ》して、列車後方《れっしゃこうほう》の安全《あんぜん》を車掌《しゃしょう》さんが守《まも》っていたんだ」

「じゃあ……今《いま》はなんで？　最後尾《さいこうび》にはディーゼル機関車《きかんしゃ》が連結《れんけつ》されているから、車掌車《しゃしょうしゃ》は要《い》らないんじゃ……」

頬《ほお》に右《みぎ》の人差《ひとさ》し指《ゆび》をトントンとあてて七海《なな み》ちゃんがつぶやく。

「きっとそっちのほうがカッコいいからだよ！　そうに決《き》まってる」

僕《ぼく》がニカッと笑《わら》って言《い》い切《き》ると、大樹《たいき》からびしっと突《つ》っこみが入《はい》った。

「違《ちが》います。あそこにはＡＴＳ《エーティーエス》（自動列車停止装置《じどうれっしゃていしそうち》）が搭載《とうさい》されているんです」

二人《ふたり》であわてて『そうなの？』と聞《き》き返《かえ》す。

「東武鉄道《とうぶてつどう》の使用《しよう》している最新型《さいしんがた》のＡＴＳ《エーティーエス》は、かなり大《おお》きな装置《そうち》で小《ちい》さなＣ《シー》１１内《ない》に置《お》くスペースがなかったんです。なのでしかたなく車掌車《しゃしょうしゃ》を連結《れんけつ》して設置《せっち》したそうです」

さすが大樹《たいき》だ。そこまでしっかり調《しら》べあげていたとは……。

グワァァァァァァン！

蒸気機関車《じょうききかんしゃ》から象《ぞう》の鳴《な》き声《ごえ》のような大《おお》きなブレーキ音《おん》が聞《き》こえ、続《つづ》いて後続《こうぞく》の三両《りょう》の客車《きゃくしゃ》からキィインとブレーキ音《おん》が鳴《な》り、列車《れっしゃ》は２番線《ばんせん》に停車《ていしゃ》した。

あっという間《ま》に蒸気機関車《じょうききかんしゃ》の周《まわ》りには人《ひと》だかりができちゃった。

正面《しょうめん》をバックに記念撮影《きねんさつえい》をしようとする人《ひと》でいっぱいだ。

ホームにその姿《すがた》をあらわすだけで、蒸気機関車《じょうききかんしゃ》はみんなを楽《たの》しませてしまう。

僕《ぼく》らもタイミングを見《み》つけて、交代《こうたい》しながら記念撮影《きねんさつえい》をした。

こういう時《とき》はみんなでゆずりあって、素早《すばや》く交代《こうたい》しないとね。

そこで、僕《ぼく》はさっき下今市《しもいまいち》で感《かん》じた違和感《いわかん》の正体《しょうたい》に気《き》がついた。

「あ〜そういうことだったのか！」

「どうしたんだ？　雄太《ゆうた》」

大樹《たいき》と一緒《いっしょ》に、みんなが声《こえ》をあげた僕《ぼく》を見《み》つめる。

「ここの駅員《えきいん》さんって、蒸気機関車《じょうききかんしゃ》時代《じだい》に着《き》ていたようなレトロな制服《せいふく》を着《き》ているんだって、今気《いまき》づいたんだよ！」

みんな「えっ!?」と驚《おどろ》いて周囲《しゅうい》を見《み》まわす。

リバティの運転手《うんてんしゅ》さんや車掌《しゃしょう》さんは紺《こん》の制服《せいふく》を着《き》ていた。

だけど、下今市《しもいまいち》にいる駅員《えきいん》さんや蒸気機関車《じょうききかんしゃ》の機関士《きかんし》さんたちの制服《せいふく》は真《ま》っ黒《くろ》で、前《まえ》には金色《きんいろ》のボタンがズラリと並《なら》び、袖口《そでぐち》にも金《きん》の飾《かざ》りがついていて、すごくカッコいい。

「とても高級感《こうきゅうかん》がありますね〜」

大樹《たいき》が感心《かんしん》したようにつぶやく。

七海《ななみ》ちゃんと航君《こうくん》が辺《あた》りを見《み》まわして、次々《つぎつぎ》に声《こえ》をあげる。

「あっ！　駅名看板《えきめいかんばん》が地上《ちじょう》に立《た》てる、木製《もくせい》の昔《むかし》のタイプだね！」

「そう言《い》われれば……売店《ばいてん》も昔風《むかしふう》で、旧漢字《きゅうかんじ》の『賣店《ばいてん》』だ！」

「鉄製《てっせい》の柱《はしら》が、焼《や》いた木《き》で囲《かこ》まれてる〜!!」

「ホームのベンチもすべて木製《もくせい》だ。すごいこだわりだなぁ」

僕《ぼく》はホームの中央《ちゅうおう》にある小《ちい》さなタイル張《ば》りの洗面台《せんめんだい》を指差《ゆびさ》した。

「ここのこだわりがすごいのはさ〜、どこの駅《えき》でも今《いま》は撤去《てっきょ》されつつある『洗面台《せんめんだい》』をわざわざ新《あたら》しく造《つく》り直《なお》したところだよ」

僕《ぼく》は一人《ひとり》で納得《なっとく》していたが、航君《こうくん》は首《くび》をかしげた。

「でも、どうしてホームに洗面台《せんめんだい》があったんだ？」

僕《ぼく》は蒸気機関車《じょうききかんしゃ》からモクモクあがる煙《けむり》に指《ゆび》を向《む》けた。

「真《ま》っ黒《くろ》なススを含《ふく》んだ煙《けむり》が客車《きゃくしゃ》まで入《はい》ってきて、昔《むかし》は長《なが》い時間列車《じかんれっしゃ》に乗《の》っていると、お客《きゃく》さんの顔《かお》がみんな黒《くろ》くなったんだって〜」

「ホームにある洗面台《せんめんだい》は、顔《かお》を洗《あら》うためのものってこと!?」

航君《こうくん》の目《め》が丸《まる》くなった。

「そうなんだ。昔《むかし》のホームには、必《かなら》ず鏡付《かがみつ》きの洗面台《せんめんだい》があったんだって」

ホームの時計《とけい》を見《み》ると、もう12時《じ》57分《ふん》。

「みんな〜そろそろ乗《の》りこむよ〜」

三人《にん》に声《こえ》をかけて、僕《ぼく》らの指定席《していせき》のある真《ま》ん中《なか》の2号車《ごうしゃ》へ向《む》かう。

航君《こうくん》は青《あお》い客車《きゃくしゃ》を見《み》ながらうれしそうに言《い》った。

「この客車《きゃくしゃ》もレトロだよね」

「14系客車《けいきゃくしゃ》です。昭和《しょうわ》四十年《ねん》から五十年《ねん》ごろに製造《せいぞう》されたもので、この三両《りょう》は、元々《もともと》JR《ジェイアール》四国《しこく》にいたそうです」

これに関《かん》しても大樹《たいき》はバッチリ下調《したしら》べずみ。自分《じぶん》の名前《なまえ》と同《おな》じ字《じ》の列車《れっしゃ》だけに、いつもよりもくわしく調《しら》べてきていたのかも。

「へぇ～機関車《きかんしゃ》は北海道《ほっかいどう》から、そして、客車《きゃくしゃ》は四国《しこく》から来《き》たのか～」

航君《こうくん》じゃなくても感心《かんしん》しちゃうよね。

14系客車《けいきゃくしゃ》の車体《しゃたい》は塗装《とそう》しなおしてあり、ピカピカだった。

車体《しゃたい》には白《しろ》いラインが二本《ほん》入《はい》っている。扉《とびら》は最近《さいきん》では珍《めずら》しい縦《たて》に二《ふた》つ折《お》りになるタイプ。

車内《しゃない》はデッキから少《すこ》し高《たか》くなっていて、ステップを蹴《け》って入《はい》る。

今日《きょう》は満席《まんせき》で、車内《しゃない》はお客《きゃく》さんでいっぱいだ。

14系客車《けいきゃくしゃ》は真《ま》ん中《なか》の通路《つうろ》を挟《はさ》んで、左右《さゆう》に青《あお》いモケットの二人掛《ふたりが》けシートが並《なら》ぶ。

少《すこ》し小《ちい》さめのシートに白《しろ》いヘッドカバーがかけられている。

窓《まど》にはベージュのカーテンが添《そ》えられていて、どこを見《み》てもレトロ。

僕《ぼく》らの指定席《していせき》は「3C《シー》」「3D《ディー》」「4C《シー》」「4D《ディー》」で進行方向左側《しんこうほうこうひだりがわ》。

シートを回《まわ》そうとした七海《ななみ》ちゃんは椅子《いす》の下《した》を見《み》て「あれっ？」と固《かた》まった。いつもならそこにあるはずのペダルがない。

「このシートはどうやって回《まわ》すの〜？」

「これはちょっと古《ふる》いタイプのシートだからね」

僕《ぼく》は二人用《ふたりよう》シートの背《せ》もたれに手《て》をかけて、前《まえ》へ向《む》かってぐいっと押《お》す。

すると、ガチャリと音《おと》がしてロックが外《はず》れ、シートがクルリと軽《かる》く回《まわ》った。

「おお〜っ」

七海《ななみ》ちゃんがパチパチと拍手《はくしゅ》してくれる。

進行方向窓際《しんこうほうこうまどぎわ》に七海《ななみ》ちゃんが座《すわ》ると、僕《ぼく》は航君《こうくん》に向《む》かい側《がわ》の窓際《まどぎわ》を指差《ゆびさ》す。

「航君《こうくん》、窓際《まどぎわ》へどうぞ」

「いいの？」

「もちろん」

「もちろんです」

「ありがとう、雄太君《ゆうたくん》、大樹君《たいきくん》」

今日《きょう》は航君《こうくん》にトコトン楽《たの》しんでもらわないと！

僕《ぼく》も大樹《たいき》も別《べつ》な場所《ばしょ》の蒸気機関車《じょうききかんしゃ》には乗《の》ったことがあるからね。

僕《ぼく》は七海《ななみ》ちゃんの横《よこ》に、大樹《たいき》は航君《こうくん》の横《よこ》に座《すわ》る。

シートに座《すわ》った大樹《たいき》は、肘置《ひじお》きの下《した》にあるグレーのリクライニングスイッチを押《お》す。

それでシートの背《せ》もたれは倒《たお》れるのだけど、席《せき》から立《た》ち上《あ》がると……

バッタン！

背《せ》もたれは自動的《じどうてき》に元《もと》の位置《いち》へ戻《もど》った。

「ほぉ〜変《か》わったシートですね……これはどういう仕組《しく》みなんだろう？」

何度《なんど》もスイッチを押《お》しながら機構《きこう》をチェックする大樹《たいき》に、僕《ぼく》が説明《せつめい》する。

「これは『簡易《かんい》リクライニングシート』って言《い》って、力《ちから》がかからなくなるとリクライニングが自動《じどう》で解除《かいじょ》されて、背《せ》もたれと座面《ざめん》が元《もと》の場所《ばしょ》へ戻《もど》るんだよ」

「ほぉ〜。では、お客《きゃく》さんが降《お》りた時《とき》には自動《じどう》でリクライニングが元《もと》に戻《もど》るのか。なかなか便利《べんり》だな」

僕《ぼく》は苦笑《にがわら》いしながら肩《かた》をすくめた。

「国鉄時代《こくてつじだい》に造《つく》られた特急型列車《とっきゅうがたれっしゃ》ではよくあったシートなんだって。父《とう》さんは『バッタンコシート』って呼《よ》んでいるんだけどさ〜」

「バッタンコシート？」

「席《せき》を立《た》った時《とき》ならいいんだけどさ、姿勢《しせい》を直《なお》そうとして少《すこ》し力《ちから》を抜《ぬ》いただけで、背《せ》もたれとシートが戻《もど》って『バッタン！』って音《おと》を出《だ》すから、そう呼《よ》ばれていたんだって」

「つまり、座《すわ》り心地《ごこち》は……よくない」

「そう。今《いま》、見《み》かけない理由《りゆう》がそれ」

「お客《きゃく》さんから不評《ふひょう》だったんだね〜」

「たぶんね……夜行列車《やこうれっしゃ》なら安眠妨害《あんみんぼうがい》になるし、リクライニングの角度《かくど》も浅《あさ》かったから、『こんなんだったらリクライニングなんかなくていい』とか言《い》われていたらしいよ」

「すごい……そんなシートに座《すわ》れるなんて貴重《きちょう》な体験《たいけん》だな」

「確《たし》かに」

僕《ぼく》と大樹《たいき》は顔《かお》を見合《みあ》わせてニヒヒッと笑《わら》い合《あ》った。

《まもなく鬼怒川温泉行《きぬがわおんせんいき》、SL《エスエル》大樹《たいじゅ》3号発車《ごうはっしゃ》いたします。閉《し》まるドアにご注意《ちゅうい》ください》

ジリリリリリリリリリリリリ……。

電子音《でんしおん》の発車《はっしゃ》メロディじゃなくて、昔《むかし》のような発車《はっしゃ》ベルがホームに鳴《な》り響《ひび》く。

こんなところまでこだわっているのが「すごい！」と僕《ぼく》はまたまた感動《かんどう》した。

やがて、各車両《かくしゃりょう》の扉《とびら》がプシュュといっせいに閉《し》まる。

フオオオオオオオオオオオオオオオオオ！

力強《ちからづよ》いＣ１１《シー》の警笛《けいてき》に、後《うし》ろのＥＤ１０《イーディー》がフィイイと答《こた》える。

まるで「さぁ出発《しゅっぱつ》するよ」「ああいいよ」と仲良《なかよ》く前後《ぜんご》の機関車《きかんしゃ》が声《こえ》をかけ合《あ》っているみたい。

ガタンと音《おと》がして列車《れっしゃ》が動《うご》き出《だ》す。

電車《でんしゃ》と違《ちが》って蒸気機関車《じょうききかんしゃ》の発車《はっしゃ》は、とってもゆっくりだ。

その時《とき》、ホームから声《こえ》が聞《き》こえてきた。

「行《い》ってらっしゃ〜い!!」

あの黒《くろ》い制服《せいふく》を着《き》た駅員《えきいん》さんたちがビシッと並《なら》んで、全員右手《ぜんいんみぎて》を上《あ》げて手《て》を振《ふ》っている。

よく見《み》ると駅員《えきいん》さんだけでなく、売店《ばいてん》の店員《てんいん》さんもニコニコ顔《がお》で手《て》を振《ふ》ってくれていた。

列車《れっしゃ》を見《み》に来《き》たお客《きゃく》さんたちも笑顔《えがお》で手《て》を振《ふ》っている。

駅《えき》にいるすべての人《ひと》がＳＬ《エスエル》大樹《たいじゅ》の出発《しゅっぱつ》を見送《みおく》ってくれるんだ。

『行《い》ってきま〜す!!』

僕《ぼく》らも左《ひだり》の車窓《しゃそう》に集《あつ》まって、笑顔《えがお》で思《おも》い切《き》り手《て》を振《ふ》り返《かえ》した。

シュゥ……シュゥ……シュゥ……シュゥシュゥ……シュゥシュゥ……。

前《まえ》から聞《き》こえてくる蒸気《じょうき》の音《おと》は、だんだん速《はや》くなっていく。

下今市《しもいまいち》からの線路《せんろ》は単線《たんせん》で、しばらくは住宅《じゅうたく》や道路《どうろ》が見《み》えるような場所《ばしょ》を走《はし》っていく。

タタタタララン♪　タラタラタン♪　チャン♪

あ、ハイケンスのセレナーデのオルゴール音《おん》だ！

この曲《きょく》の作曲者《さっきょくしゃ》であるハイケンスと未来《みらい》のひいおばあちゃんとの関係《かんけい》を知《し》ってから、この曲《きょく》は僕《ぼく》らにとって特別《とくべつ》なものになった。こうして流《なが》れてくるものを耳《みみ》にするだけで胸《むね》が熱《あつ》くなっちゃう。

（くわしくは『電車《でんしゃ》で行《い》こう！　絶景列車《ぜっけいれっしゃ》・伊予灘《いよなだ》ものがたりと、四国一周《しこくいっしゅう》の旅《たび》』を読《よ》んでね）

車内《しゃない》アナウンスが続《つづ》く。

《本日《ほんじつ》もＳＬ《エスエル》大樹《たいじゅ》にご乗車頂《じょうしゃいただ》き、まことにありがとうございま〜す。この列車《れっしゃ》は三両編成《りょうへんせい》です。途中《とちゅう》、東武《とうぶ》ワールドスクウェアに停車《ていしゃ》し、終点《しゅうてん》の鬼怒川温泉《きぬがわおんせん》には13時《じ》36分《ぷん》に到着《とうちゃく》いたします。それでは鬼怒川温泉《きぬがわおんせん》までの蒸気機関車《じょうききかんしゃ》の旅《たび》をお楽《たの》しみください》

「そっか〜三十分《さんじゅっぷん》くらいで着《つ》いちゃうのか〜。もっと乗《の》っていたいのに〜」

航君《こうくん》は少《すこ》し残念《ざんねん》そう。

その気持《きも》ち、わかるなぁ。僕《ぼく》も同《おな》じだもん。

「だからこそ、めいっぱい楽《たの》しんじゃおう〜!!」

七海《ななみ》ちゃんに続《つづ》いて、みんな元気《げんき》よく『おうぅ！』と右手《みぎて》を挙《あ》げた。

「まず、お昼《ひる》ご飯《はん》だね〜!!」

僕《ぼく》は東武日光《とうぶにっこう》で買《か》った駅弁《えきべん》をビニール袋《ぶくろ》から取《と》り出《だ》して、みんなに一《ひと》つずつ配《くば》った。

金《きん》の掛《か》け紙《がみ》には『日光埋蔵金弁当《にっこうまいぞうきんべんとう》』と書《か》かれている。

『埋蔵金弁当《まいぞうきんべんとう》!?』

名前《なまえ》を見《み》て、みんなの目《め》が丸《まる》くなる。

「これは日本《にほん》で一番高《いちばんたか》いと言《い》われている日光埋蔵金弁当《にっこうまいぞうきんべんとう》の、SL《エスエル》大樹《たいじゅ》バージョンなんだ」

弁当《べんとう》の掛《か》け紙《がみ》を外《はず》して丁寧《ていねい》に折《お》り畳《たた》み、二段重《だんがさ》ねの駅弁《えきべん》を分《わ》けてひざの上《うえ》に置《お》きながら、僕《ぼく》は言《い》った。

「日本一高《にほんいちたか》い!? ほんとにそうなの？」

あまり信《しん》じていなさそうな航君《こうくん》を見《み》て、僕《ぼく》は微笑《ほほえ》む。

「いやいやいや〜。だって、最高《さいこう》のものだったら、一《ひと》つ十八万円《まんえん》もするんだよ」


「じゅ、十八万円《まんえん》────!?」


「いったい何《なに》が入《はい》ってるんだ？ 十八万円《まんえん》の駅弁《えきべん》って」

あせって早口《はやくち》になった航君《こうくん》に、大樹《たいき》が冷静《れいせい》に答《こた》える。

「内容《ないよう》はタラバガニ入《い》りばらちらし、とちぎ和牛《わぎゅう》ヒレステーキ、車海老《くるまえび》の塩焼《しおや》き、ロシア産《さん》のキャビア、日光産国産大豆使用《にっこうさんこくさんだいずしよう》の湯波《ゆば》など、最高《さいこう》のおかずとお米《こめ》だそうです」

「いやいやいやいや！ それにしたって！ 僕《ぼく》のお年玉何年分《としだまなんねんぶん》なんだよ!?」

「中身《なかみ》もすごいんですが、一番価値《いちばんかち》があるのは、お弁当箱《べんとうばこ》とお箸《はし》なんです」

大樹《たいき》が続《つづ》ける。

「お弁当箱《べんとうばこ》と箸《はし》？　それがなんで？」

「普通《ふつう》の駅弁《えきべん》でしたら紙《かみ》やプラスチック製《せい》ですよね。けれど、その駅弁《えきべん》は創業百年《そうぎょうひゃくねん》の歴史《れきし》を持《も》つ業者《ぎょうしゃ》さんが日光彫《にっこうぼり》を行《おこな》った上《うえ》に、うるしを塗《ぬ》り重《かさ》ね、さらに金粉《きんぷん》までふられているんです。さすがの駅弁鉄《えきべんてつ》の遠藤《えんどう》さんでも買《か》ったことはないそうですが……」

「そんなお弁当箱《べんとうばこ》やお箸《はし》だったら、家宝《かほう》にしなくちゃね」

「はい。ちょっとした美術品《びじゅつひん》ですからね」

航君《こうくん》は自分《じぶん》の駅弁《えきべん》を恐《おそ》る恐《おそ》る見《み》つめる。

「もっ……もしかして、こっ、この駅弁《えきべん》も超《ちょう》～高《たか》いの？」

僕《ぼく》はアッハハと笑《わら》って首《くび》を左右《さゆう》に振《ふ》る。

「まさか。一三五〇円《えん》だから安心《あんしん》して」

もちろん一三五〇円《えん》の駅弁《えきべん》は少《すこ》し高《たか》めだけど、十八万円《まんえん》のあとだと激安《げきやす》に感《かん》じる。

航君《こうくん》が「ふぅ～」と胸《むね》をなでおろしたのがおかしくて、みんなで笑《わら》いあった。

お手拭《てふ》きで手《て》を拭《ふ》いてから、顔《かお》を見合《みあ》わせてパチンと両手《りょうて》を合《あ》わせる。

『いっただきま～す!!』

黒《くろ》いフタを開《ひら》くと、美味《おい》しそうな香《かお》りがパッと周囲《しゅうい》に広《ひろ》がる。

こっちもかなりの豪華駅弁《ごうかえきべん》。上《うえ》の段《だん》には錦糸卵《きんしたまご》が乗《の》ったちらし寿司《ずし》。

下《した》の段《だん》は牛肉《ぎゅうにく》のしぐれ煮《に》、日光名産《にっこうめいさん》の湯波《ゆば》、ますの塩焼《しおや》き、きんぴらレンコン、お漬物《つけもの》などがギッシリ入《はい》っている。

そして、ここに添《そ》えられている銀色《ぎんいろ》のスプーンがめちゃくちゃカッコいい！

「これって、もしかしてスコップ～!?」

七海《ななみ》ちゃんがビシッと右手《みぎて》で持《も》って、スプーンをグイッと前《まえ》に出《だ》す。

そう。スプーンは長《なが》さ十《じゅっ》センチくらいのミニスコップ型《がた》なのだ。

しかも、「C《シー》11 207 SL《エスエル》大樹《たいじゅ》」なんて刻印《こくいん》まで入《はい》っている！

「きっと、蒸気機関車《じょうききかんしゃ》でボイラーに石炭《せきたん》をほうりこむ時《とき》に使《つか》う、スコップをイメージして作《つく》ったんですね」

僕《ぼく》はスコップをサクッと錦糸卵《きんしたまご》のお寿司《すし》に突《つ》き立《た》ててすくい、口《くち》へ運《はこ》んだ。

駅弁鉄《えきべんてつ》じゃなくてもテンションがあがっちゃう。

「美味《おい》しいっ！　このスコップで食《た》べると、駅弁《えきべん》の美味《おい》しさが倍増《ばいぞう》だよ！」

「もう～、雄太君《ゆうたくん》はそんなことばっかり言《い》って～」

そう言《い》いながら七海《ななみ》ちゃんもスコップでお寿司《すし》をパクリ。

「うわ～本当《ほんとう》だ。とっても美味《おい》しく感《かん》じちゃう」

ちょっと恥《は》ずかしかったのか、七海《ななみ》ちゃんの頬《ほお》が赤《あか》く染《そ》まった。

蒸気機関車《じょうききかんしゃ》にゆられながら、蒸気機関車《じょうききかんしゃ》のスコップを思《おも》わせる小《ちい》さなスコップ型《がた》スプーンで食《た》べるから二倍《ばい》も三倍《ばい》も、いやいや十倍《じゅうばい》も美味《おい》しく感《かん》じちゃうんだ！

「あっ、アテンダントさん！」

将来《しょうらい》、電車《でんしゃ》のアテンダントさんになりたい七海《ななみ》ちゃんは、制服《せいふく》をビシッと着《き》こなしてワゴンを押《お》してくる、かわいいアテンダントさんを見《み》て目《め》を☆にした。

SL《エスエル》大樹《たいじゅ》車内《しゃない》では、下今市《しもいまいち》で見《み》たレトロな駅員《えきいん》さんの制服《せいふく》と合《あ》わせたような、金《きん》の装飾《そうしょく》がついた半袖《はんそで》の黒《くろ》い制服《せいふく》に、同《おな》じ色《いろ》のキャップをかぶったアテンダントさんが、グッズの車内販売《しゃないはんばい》もしていた。

SL《エスエル》大樹《たいじゅ》は本当《ほんとう》にゆっくり走《はし》る。たぶん、時速四十《じそくよんじゅっ》キロくらい。その上《うえ》、沿線《えんせん》の人《ひと》たちが、みんな手《て》を振《ふ》ってくれる。

『お〜い!!』

僕《ぼく》らも沿線《えんせん》の人《ひと》に向《む》かって手《て》を振《ふ》り返《かえ》す。

これが蒸気機関車《じょうききかんしゃ》に乗《の》る楽《たの》しみの一《ひと》つ。

今《いま》の電車《でんしゃ》は速《はや》くて便利《べんり》だけど、時速《じそく》一〇〇キロ近《ちか》くになっちゃったら、沿線《えんせん》に立《た》って手《て》を振《ふ》っても気《き》がつくことはない。

それは車内《しゃない》のお客《きゃく》さんの顔《かお》の表情《ひょうじょう》が、沿線《えんせん》の人《ひと》にはまったく見《み》えないから。

蒸気機関車《じょうききかんしゃ》はシュシュとゆっくり走《はし》るから、どんな人《ひと》が手《て》を振《ふ》ってくれているかまでお互《たが》いにハッキリ見《み》えるんだ。

2号車《ごうしゃ》へ入《はい》ってきた別《べつ》のアテンダントさんが、進行方向左手《しんこうほうこうひだりて》を指《さ》しながら微笑《ほほえ》む。

「この先《さき》ですべてのSL《エスエル》大樹《たいじゅ》に手《て》を振《ふ》ってくださるご家族《かぞく》がおられまーす」

みんな『へぇ〜』と驚《おどろ》いて左《ひだり》を見《み》ると、家《いえ》の庭《にわ》へ出《で》て、四人《よにん》で仲良《なかよ》く手《て》を振《ふ》っている家《か》族《ぞく》の姿《すがた》が見《み》えた。笑顔《えがお》で思《おも》い切《き》り手《て》を振《ふ》ってくれている。

いいなぁ〜。

僕《ぼく》も線路《せんろ》の横《よこ》に住《す》みたいなぁ〜。

鉄道《てつどう》ファンなら家《いえ》の庭《にわ》で蒸気機関車《じょうききかんしゃ》が走《はし》る姿《すがた》を見《み》て、手《て》なんか振《ふ》れたら最高《さいこう》だよね。

沿線《えんせん》で手《て》を振《ふ》ってくれる人《ひと》たちは、他《ほか》にも本当《ほんとう》にたくさんいた。

並行《へいこう》する道路《どうろ》を走《はし》る車《くるま》の後部座席《こうぶざせき》や助手席《じょしゅせき》の人《ひと》、農作業《のうさぎょう》の手《て》を休《やす》めて田《た》んぼのあぜ道《みち》から手《て》を振《ふ》る人《ひと》、井戸端会議《いどばたかいぎ》の途中《とちゅう》で手《て》を上《あ》げる人《ひと》、散歩《さんぽ》のついでにＳＬ大樹《エスエルたいじゅ》を見送《みおく》りに線路際《せんろぎわ》のフェンスまでやってきてくれた人《ひと》。

鬼怒川温泉《きぬがわおんせん》に着《つ》くまで、ずっと手《て》を振《ふ》ってくれる人《ひと》が続《つづ》いていた。

ますの塩焼《しおや》きを口《くち》へ運《はこ》びながら、航君《こうくん》はポツリとつぶやく。

「すごいね……蒸気機関車《じょうききかんしゃ》にはみんなをひきつける魅力《みりょく》があるんだね……」

「人《ひと》をひきつける力《ちから》？」

前《まえ》に座《すわ》っていた七海《ななみ》ちゃんが顔《かお》をあげる。

「だって、蒸気機関車《じょうききかんしゃ》が走《はし》るだけで、地域《ちいき》の人《ひと》がみんな笑顔《えがお》になるんだから」

「そうかもっ！　ＳＬ大樹《エスエルたいじゅ》が走《はし》っているから、あの家族《かぞく》の人《ひと》もお庭《にわ》に出《で》てきてくれるんだもんね。みんな笑《わら》っているから、私《わたし》たちもすごく幸《しあわ》せな気持《きも》ちになるよね」

航君《こうくん》がきっぱりとうなずく。

「きっと蒸気機関車《じょうききかんしゃ》には、そういう力《ちから》があるんだよ！」

『そうだね！』

僕《ぼく》らも、やっぱり笑顔《えがお》だ。

大谷向《だいやむこう》を越《こ》えた辺《あた》りから沿線《えんせん》には青《あお》い水田《すいでん》が広《ひろ》がった。そして大《おお》きな左《ひだり》カーブを曲《ま》がると左右《さゆう》に高《たか》い針葉樹《しんようじゅ》が生《お》い茂《しげ》る山《やま》の間《あいだ》へ、列車《れっしゃ》は入《はい》っていく。

まるで昔《むかし》にタイムスリップしたように、蒸気機関車《じょうききかんしゃ》がバッチリ周囲《しゅうい》の風景《ふうけい》にとけこんでいる。

その時《とき》、さっきのアテンダントさんがまた現《あらわ》れた。

「こちらは『ＳＬ大樹《エスエルたいじゅ》３号記念乗車証《ごうきねんじょうしゃしょう》』になります」

そう言《い》いながら一人《ひとり》に一枚《まい》、ハガキサイズのカードを配《くば》ってくれるんだ。

『ありがとうございま〜す』

記念乗車証《きねんじょうしゃしょう》には、きれいな山《やま》をバックにコンクリートの橋《はし》を渡《わた》るＳＬ大樹《エスエルたいじゅ》が写《うつ》っていた。

「こちらはホログラムになっていまして、左右《さゆう》に傾《かたむ》けるとSL大樹《エスエルたいじゅ》が橋《はし》の上《うえ》を動《うご》いていくのが見《み》えるようになっています」

全員《ぜんいん》に配《くば》り終《お》えると、アテンダントさんが笑顔《えがお》で言《い》った。

受《う》け取《と》ったばかりの記念乗車証《きねんじょうしゃしょう》をクイクイと動《うご》かすと、SL大樹《エスエルたいじゅ》が走《はし》り出《だ》したように見《み》える。

「うぉ〜すごい！　こんな記念乗車証《きねんじょうしゃしょう》は初《はじ》めてだ！」

僕《ぼく》が思《おも》わず叫《さけ》ぶと、アテンダントさんはニッコリ笑《わら》って続《つづ》ける。

「こちらの記念乗車証《きねんじょうしゃしょう》は三往復《おうふく》するSL大樹《エスエルたいじゅ》の1号《ごう》から6号《ごう》まで、すべて絵柄《えがら》が違《ちが》っていますので、ぜひ、全部《ぜんぶ》の列車《れっしゃ》に乗《の》って記念乗車証《きねんじょうしゃしょう》を集《あつ》めてくださいね」

へぇ〜、そんなことまでやっているんだぁ。

これまで僕《ぼく》はいろいろな蒸気機関車《じょうききかんしゃ》に乗《の》ったけど、それぞれの列車《れっしゃ》ごとに違《ちが》う記念乗車証《きねんじょうしゃしょう》をプレゼントしてくれるなんてサービスは初《はじ》めて。

これは、がんばってフルコンプリートしたくなるよね。

小佐越《こさごえ》で「サニーコーラルオレンジ編成《へんせい》」の100系特急列車《けいとっきゅうれっしゃ》とすれ違《ちが》うと、SL大樹《エスエルたいじゅ》は唯一《ゆいいつ》の停車駅《ていしゃえき》東武《とうぶ》ワールドスクウェアに到着《とうちゃく》する。

世界《せかい》の建築物《けんちくぶつ》のミニチュアが一堂《いちどう》に集《あつ》まる東武《とうぶ》ワールドスクウェアは、外国人《がいこくじん》にも人気《にんき》で、ホームに降《お》りる人《ひと》も多《おお》い。

発車《はっしゃ》してすぐ天井《てんじょう》スピーカーから車内《しゃない》アナウンスが流《なが》れた。

《長《なが》らくのご乗車《じょうしゃ》お疲《つか》れ様《さま》でした。次《つぎ》は終点《しゅうてん》、鬼怒川温泉《きぬがわおんせん》です。どなたさまもお忘《わす》れもののないようにご準備《じゅんび》くださいませ》

『え〜、もう終点《しゅうてん》〜？』

僕《ぼく》らは顔《かお》を見合《みあ》わせた。もっと乗《の》っていたいって、みんなの顔《かお》に書《か》いてある。

「しかたありませんね。日光《にっこう》は近《ちか》いですので、また乗《の》りに来《き》ましょう」

大樹《たいき》の言葉《ことば》にみんなゆっくりとうなずいた。

左《ひだり》の車窓《しゃそう》には、深《ふか》い谷間《たにま》の底《そこ》を流《なが》れる鬼怒川《きぬがわ》を挟《はさ》むように建《た》つ温泉街《おんせんがい》が見《み》えてくる。

それぞれの旅館《りょかん》からは、温《あたた》かそうな白《しろ》い湯《ゆ》けむりが上《のぼ》っていた。

6 野岩鉄道《やがんてつどう》の不思議《ふしぎ》な駅《えき》

シュシュ……シュウ……シュウ……シュウ〜。

蒸気《じょうき》の音《おと》が静《しず》かになり、13時《じ》36分《ぷん》、SL《エスエル》大樹《たいじゅ》3号《ごう》は終点《しゅうてん》の鬼怒川温泉駅《きぬがわおんせんえき》に到着《とうちゃく》した。

みんながいっせいに立《た》ち上《あ》がると、シートは「バッタン！」と、大《おお》きな音《おと》をたてて元《もと》に戻《もど》った。さすがバッタンコシート！

シートを元《もと》の位置《いち》に直《なお》す手間《てま》はいらないけど、やっぱりかなりのド迫力《はくりょく》だ。

車両《しゃりょう》の前後《ぜんご》のデッキにある扉《とびら》が、縦《たて》にパカッと二《ふた》つ折《お》りに開《ひら》き、外《そと》から少《すこ》し冷《つめ》たい空気《くうき》が中《なか》へ入《はい》りこんできた。

僕《ぼく》らは食《た》べ終《お》わった駅弁《えきべん》を片《かた》づけて、最後《さいご》に列車《れっしゃ》をあとにする。

14系客車《けいきゃくしゃ》のフロアは少《すこ》し高《たか》いので、扉脇《とびらわき》の手《て》すりに手《て》をあずけながらホームへ降《お》りた。

扉《とびら》の横《よこ》には、SL《エスエル》大樹《たいじゅ》用《よう》に新《あたら》しく作《つく》られた、サボと呼《よ》ばれる愛称板《あいしょうばん》があり「大樹《たいじゅ》　指定《してい》席《せき》」と書《か》かれていた。

「ご乗車《じょうしゃ》ありがとうございました」

扉《とびら》の横《よこ》には、さっき記念乗車証《きねんじょうしゃしょう》をくれたアテンダントさんが笑顔《えがお》で立《た》ち、乗客《じょうきゃく》を見送《みおく》ってくれる。

『ありがとうございました～』

僕《ぼく》らも笑顔《えがお》で応《こた》えた。

鬼怒川温泉《きぬがわおんせん》は島式《しましき》ホームが二《ふた》つ並《なら》ぶ駅《えき》で、1から4まで四《よっ》つ番線《ばんせん》がある。

駅構内《えきこうない》にはたくさんのお客《きゃく》さんがいて、都会《とかい》の通勤時間《つうきんじかん》みたいにごった返《がえ》していた。

唯一《ゆいいつ》行《い》き止《ど》まりの1番線《ばんせん》に100系《けい》「粋編成《いきへんせい》」が停車《ていしゃ》していた。

フォオオオオオオウ！

1号車《ごうしゃ》のほうから警笛《けいてき》が聞《き》こえて目《め》をやると、C《シー》11と車掌車《しゃしょうしゃ》が切《き》り離《はな》されていてシュシュと前《まえ》へ走《はし》り出《だ》しているのが見《み》えた。

「切《き》り離《はな》し作業《さぎょう》、早《はや》っ！」

ＳＬ《エスエル》大樹《たいじゅ》は下今市《しもいまいち》と鬼怒川温泉《きぬがわおんせん》の間《あいだ》を一日《にち》三往復《おうふく》していて、約《やく》一時間後《じかんご》の14時《じ》35分《ふん》には「下今市行《しもいまいちいき》　ＳＬ《エスエル》大樹《たいじゅ》4号《ごう》」として発車《はっしゃ》する。

とはいえ、鬼怒川温泉《きぬがわおんせん》の駅員《えきいん》さんたちの仕事《しごと》の早《はや》さには感心《かんしん》してしまう。

ＳＬ《エスエル》大樹《たいじゅ》は、鬼怒川温泉駅構内《きぬがわおんせんえきこうない》を会津方向《あいづほうこう》へ進《すす》みながらポイントを通《とお》り、一《ひと》つ向《む》こう側《がわ》の2番線《ばんせん》の線路《せんろ》に入《はい》ってからバックで戻《もど》ってくる。

「どこへ行《い》くのかな〜？」

七海《ななみ》ちゃんが背伸《せの》びして蒸気機関車《じょうききかんしゃ》の行《い》き先《さき》を見《み》つめていると、大樹《たいき》が言《い》った。

「この先《さき》にある転車台《てんしゃだい》で前後《ぜんご》を入《い》れ替《か》えるようですよ」

「へぇ〜鬼怒川温泉《きぬがわおんせん》にも転車台《てんしゃだい》があるんだぁ〜」

七海《ななみ》ちゃんは、手《て》を転車台《てんしゃだい》に見立《みた》てたかのようにクルクルと回《まわ》した。

「下今市《しもいまいち》にも鬼怒川温泉《きぬがわおんせん》にも、もともとは転車台《てんしゃだい》はなかったんです。ですがＳＬ《エスエル》大樹《たいじゅ》を走《そう》行《こう》させるために、山口県長門市駅《やまぐちけんながとしえき》のものを下今市《しもいまいち》に、広島県三次駅《ひろしまけんみよしえき》のものを鬼怒川温泉《きぬがわおんせん》に輸送《ゆそう》して設置《せっち》したそうです」

「あんな大《おお》きいもの、どうやって持《も》ってきたのかな」

「それぞれバラバラにして輸送《ゆそう》し、ここでもう一度《いちど》組《く》み立《た》てたんですよ」

「すごぉい！」

「蒸気機関車《じょうききかんしゃ》を走《はし》らせるようにするには、いろいろと大変《たいへん》なんだなぁ」

白《しろ》い蒸気《じょうき》をあげながらスルスルとバックしていくＣ《シー》１１と車掌車《しゃしょうしゃ》を見《み》ながら、航君《こうくん》がつぶやく。

「そうですね。前後《ぜんご》を入《い》れ替《か》える転車台《てんしゃだい》、整備用《せいびよう》の機関庫《きかんこ》、蒸気《じょうき》の元《もと》になる水《みず》を機関車《きかんしゃ》へ入《い》れる給水塔《きゅうすいとう》も必要《ひつよう》になりますし、現代《げんだい》の信号《しんごう》システムに対応《たいおう》した最新《さいしん》のＡＴＳ《エーティーエス》を機関車《きかんしゃ》に搭載《とうさい》しなくてはなりません。やはり電車《でんしゃ》やディーゼルカーを新規《しんき》に導入《どうにゅう》することと比《くら》べると大変《たいへん》のようです」

「それに、専用《せんよう》の運転手《うんてんしゅ》さんもいるんだもんね」

航君《こうくん》の目《め》が、黒《くろ》い制服《せいふく》を着《き》てホームに立《た》つ蒸気機関車《じょうききかんしゃ》の機関士《きかんし》さんに注《そそ》がれていた。

大樹《たいき》はコクリとうなずく。

「そうした努力《どりょく》は大変《たいへん》ですが、地域全体《ちいきぜんたい》が『蒸気機関車《じょうききかんしゃ》の走《はし》る町《まち》』として活気《かっき》づきますからね。だから、何《なん》とかみんなで力《ちから》を合《あ》わせて走《はし》らせようとするんでしょう」

「それも……蒸気機関車《じょうききかんしゃ》の魅力《みりょく》の一《ひと》つだね」

「ええ。これが単《たん》なる古《ふる》いディーゼルカーだったら、復活運動《ふっかつうんどう》にここまで取《と》り組《く》めなかったでしょうね。やはり蒸気機関車《じょうききかんしゃ》ならではの魅力《みりょく》だと思《おも》います」

大樹《たいき》と航君《こうくん》は顔《かお》を見合《みあ》わせてうなずきあう。

SL《エスエル》大樹《たいじゅ》に乗《の》ってきたお客《きゃく》さんの多《おお》くは鬼怒川温泉《きぬがわおんせん》の旅館《りょかん》へ向《む》かって出《で》ていったけれど、C《シー》11の方向転換《ほうこうてんかん》を見《み》に転車台《てんしゃだい》のほうに向《む》かう人《ひと》もいる。

僕《ぼく》らも時間《じかん》があればそうしたいところ。

だけど、今日《きょう》は会津若松《あいづわかまつ》へ行《い》かなくちゃいけないからガマンガマン！

僕《ぼく》らは一旦改札《いったんかいさつ》を通《とお》って、駅舎《えきしゃ》に入《はい》った。

この駅舎《えきしゃ》、最近《さいきん》リニューアルされてきれいになったんだって。

自動改札機《じどうかいさつき》の上《うえ》には鬼怒川温泉《きぬがわおんせん》の頭文字《かしらもじ》「鬼《おに》」と白字《しろじ》で書《か》かれた黒《くろ》い巨大提灯《きょだいちょうちん》が吊《つ》られていて、外国人観光客《がいこくじんかんこうきゃく》が「W《ワ》A《ー》A……」と声《こえ》をあげて写真《しゃしん》を撮《と》っていた。

大樹《たいき》は自動販売機《じどうはんばいき》で次《つぎ》のきっぷを買《か》ってきて、みんなに手渡《てわた》す。

そのきっぷは鬼怒川温泉《きぬがわおんせん》から新藤原《しんふじわら》を越《こ》えて、野岩鉄道《やがんてつどう》を二六〇円区間《えんくかん》まで乗《の》れるものだった。

きっぷを見《み》つめながら七海《ななみ》ちゃんが聞《き》いた。

「次《つぎ》はいったいどこまで行《い》くの？　雄太君《ゆうたくん》」

思《おも》わず笑《え》みがこぼれそうになる。

「僕《ぼく》がみんなに降《お》りてもらいたいと思《おも》った駅《えき》なんだ」

ちゃんと僕《ぼく》が答《こた》えないので七海《ななみ》ちゃんの口《くち》がぷっととんがった。

「え、どこ？　どんな駅《えき》なの？」

「それは降《お》りてのお楽《たの》しみ～ってことで……大樹《たいき》、次《つぎ》の電車《でんしゃ》は何時何分《なんじなんぷん》？」

だって、ここで種明《たねあ》かしをするわけにはいかないよね。

楽《たの》しみが半分《はんぶん》になっちゃうもん。

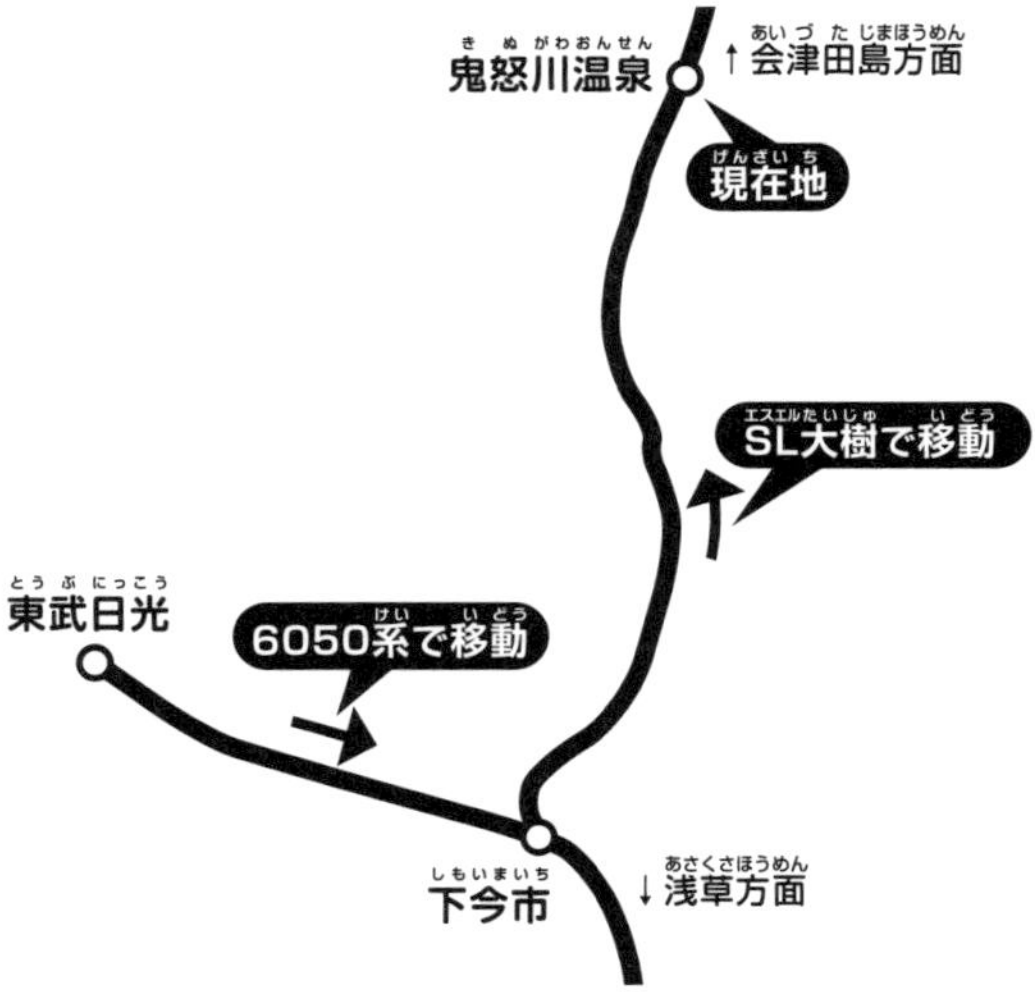

大樹《たいき》はいつものように、大《おお》きな時刻表《じこくひょう》の横《よこ》に右《みぎ》の親指《おやゆび》をあてて、ギュッと力《ちから》を入《い》れてパタンと開《ひら》いた。

おお〜っ、すごい。僕《ぼく》も、これだけは絶対《ぜったい》にまねできない。

開《ひら》いたのは、「東武鉄道鬼怒川線《とうぶてつどうきぬがわせん》」のページ。

時刻表鉄《じこくひょうてつ》の大樹《たいき》は、時刻表《じこくひょう》のどのページに、どんな鉄道会社《てつどうがいしゃ》のものが載《の》っているかを全《ぜん》部覚《ぶおぼ》えていて、一発《いっぱつ》でそのページを開《ひら》ける特技《とくぎ》を持《も》っているのだ。

「次《つぎ》は13時《じ》55分発《ふんはつ》、新藤原行普通電車《しんふじわらいきふつうでんしゃ》ですね」

この特技《とくぎ》を持《も》つ大樹《たいき》に、発車時刻《はっしゃじこく》なんかに関《かん》してはいつも頼《たよ》ってしまうんだ。

天井《てんじょう》から吊《つ》られた列車案内板《れっしゃあんないばん》には、鬼怒川温泉《きぬがわおんせん》を出発《しゅっぱつ》する三本先《ぼんさき》までの電車《でんしゃ》がＬＥＤ《エルイーディー》で表示《ひょうじ》されていた。

僕《ぼく》らの乗《の》る予定《よてい》の電車《でんしゃ》は一番上《いちばんうえ》にあり、４番線《ばんせん》から出《で》ると書《か》かれていた。

「じゃあ、４番線《ばんせん》に行《い》こう！」

再《ふたた》び改札《かいさつ》をくぐって僕《ぼく》らはさっきのホームに戻《もど》った。

隣《となり》の３番線《ばんせん》には、Ｃ１１《シー》が切《き》り離《はな》されたＳＬ大樹《エスエルたいじゅ》が停車《ていしゃ》している。

やがて4番線《ばんせん》に、今日《きょう》、すっかりおなじみになった、白《しろ》い車体《しゃたい》にオレンジラインの入《はい》った四両編成《りょうへんせい》の電車《でんしゃ》がやってきた。

「これは6050系《けい》だよねっ！」

「航君《こうくん》、その通《とお》り！」

僕《ぼく》は右《みぎ》の親指《おやゆび》をピシッと上《あ》げる。

「すごい！　覚《おぼ》えちゃったの？」

七海《ななみ》ちゃんが航君《こうくん》の肩《かた》をぽんとたたく。

航君《こうくん》が電車《でんしゃ》を車両形式《しゃりょうけいしき》で呼《よ》んでくれるのが、ちょっと、いや、かなりうれしい。

13時《じ》55分《ふん》に鬼怒川温泉《きぬがわおんせん》を出発《しゅっぱつ》した普通電車《ふつうでんしゃ》は、次《つぎ》の鬼怒川公園駅《きぬがわこうえんえき》に停車《ていしゃ》すると、すぐに終点《しゅうてん》の新藤原《しんふじわら》の2番線《ばんせん》に14時《じ》5分《ふん》に到着《とうちゃく》。

「ここで、会津田島行《あいづたじまいき》の普通電車《ふつうでんしゃ》に乗《の》り換《か》えます。乗《の》り換《か》え時間《じかん》は五分《ふん》です」

大樹《たいき》に向《む》かってみんなで『はーい』と返事《へんじ》をした。

乗《の》り換《か》える会津田島行《あいづたじまいき》の電車《でんしゃ》は、向《む》かいの1番線《ばんせん》に互《たが》い違《ちが》いの位置《いち》に停車《ていしゃ》していた。

こちらは二両編成《りょうへんせい》の6050系《けい》。これまで乗《の》ってきた電車《でんしゃ》の半分《はんぶん》の長《なが》さだ。

航君《こうくん》はホームを歩《ある》きながら首《くび》をひねって、ぽそっとつぶやく。

「どうして、ここで同《おな》じ電車《でんしゃ》に乗《の》り換《か》えるんだ？」

僕《ぼく》はニヒッと笑《わら》う。

「確《たし》かにそう思《おも》っちゃうよね〜」

大樹《たいき》が歩《ある》きながら説明《せつめい》を始《はじ》める。

「確《たし》かに使用車両《しようしゃりょう》はまったく同《おな》じ６０５０系《けい》なんですが、ここまでの線路《せんろ》は『東武鉄道《とうぶてつどう》』で、ここからは『野岩鉄道《やがんてつどう》』なんです」

大樹《たいき》は路線図《ろせんず》を開《ひら》いた。

「東武鬼怒川線《とうぶきぬがわせん》、野岩鉄道《やがんてつどう》、会津鉄道《あいづてつどう》は一《ひと》つの路線《ろせん》でつながっているんです。野岩鉄道《やがんてつどう》には６０５０系《けい》が二両編成《りょうへんせい》で三本在籍《ぼんざいせき》しているのですが、東武鉄道《とうぶてつどう》の持《も》つ6050系《けい》と会津鉄道《あいづてつどう》の持《も》つ6050系《けい》は、三社《しゃ》で共通運用《きょうつううんよう》されているそうですよ」

航君《こうくん》は路線図《ろせんず》を見《み》ながら納得《なっとく》する。

「へぇ〜仲良《なかよ》く6050系《けい》を回《まわ》しているんだね」

「そういうことですね」

「よしっ、電車《でんしゃ》の正面《しょうめん》で記念撮影《きねんさつえい》しよう！」

僕《ぼく》が声《こえ》をかけると、大樹《たいき》と七海《ななみ》ちゃんはうなずいたが、航君《こうくん》は「えっ!?」と驚《おどろ》く。

「乗《の》り換《か》え時間《じかん》は五分《ふん》しかないって言《い》ってなかった!?」

『五分《ふん》もあるんだよ！』

目《め》を大《おお》きくしている航君《こうくん》に、僕《ぼく》らT3《ティースリー》はニコリと笑《わら》いかけた。

鉄道《てつどう》ファンなら、ホームを渡《わた》る乗《の》り換《か》えで「五分《ふん》」と言《い》われたら「余裕《よゆう》」と思《おも》ってしまう。

五分《ふん》もあったら、ホームがかなり離《はな》れていても、ちゃんと乗《の》り換《か》えられると思《おも》っている。

でも、電車《でんしゃ》に慣《な》れていないと、そうは思《おも》えないのかもしれないね。

五分《ふん》は「すぐ」と思《おも》って、一目散《いちもくさん》に次《つぎ》の電車《でんしゃ》に乗《の》りこんでゆっくりしちゃう人《ひと》も多《おお》い。

僕《ぼく》ら鉄道《てつどう》ファンは五分《ふん》あれば、電車《でんしゃ》の正面《しょうめん》に回《まわ》って記念撮影《きねんさつえい》をしたり、駅名看板《えきめいかんばん》やホームを撮影《さつえい》したりする。

もしかするとこの新藤原駅《しんふじわらえき》にだって、一生《いっしょう》に一度《いちど》しか来《こ》れないかもしれないから、たとえ乗《の》り換《か》え時間《じかん》が短《みじか》くても、ホームから見《み》える景色《けしき》を目《め》に焼《や》き付《つ》けたいと思《おも》うんだ。

ただし……ローカル線《せん》では、都会《とかい》の駅《えき》のように発車《はっしゃ》メロディやベルがホームに鳴《な》り響《ひび》かないことも多《おお》いので、発車時刻前《はっしゃじこくまえ》には、ちゃんと車内《しゃない》へ戻《もど》っておかないとね。

新藤原《しんふじわら》の場合《ばあい》は、駅《えき》の側《そば》にある踏切《ふみきり》が鳴《な》り出《だ》すのが出発《しゅっぱつ》の合図《あいず》。

カンカンと踏切《ふみきり》の音《おと》が鳴《な》りはじめた瞬間《しゅんかん》、僕《ぼく》らは急《いそ》いで６０５０系《けい》に乗《の》りこんだ。

スタタタ……スタタタ……スタタタ……スタタタ……。

車内《しゃない》にはコンプレッサーが空気《くうき》ボンベに空気《くうき》を溜《た》めこむ音《おと》が響《ひび》いている。

ここまで四両編成《りょうへんせい》だったけど、新藤原《しんふじわら》で二両《りょう》になったので、車内《しゃない》にはお客《きゃく》さんがいっぱいだ。

ほぼすべてのシートがお客《きゃく》さんで埋《う》まっているくらい混雑《こんざつ》している。

空《あ》いていたボックスシートを見《み》つけた七海《ななみ》ちゃんはタタッと走《はし》って席《せき》をとり、航君《こうくん》に向《む》かって手《て》をクイクイと動《うご》かす。

「航君《こうくん》、窓際《まどぎわ》に座《すわ》りなよ！」

「僕《ぼく》はさっき窓際《まどぎわ》に座《すわ》らせてもらったから、今度《こんど》は雄太君《ゆうたくん》か大樹君《たいきくん》が窓際《まどぎわ》に座《すわ》れば？」

航君《こうくん》は少《すこ》し遠慮《えんりょ》がちな顔《かお》で僕《ぼく》を振《ふ》り返《かえ》る。僕《ぼく》は首《くび》を横《よこ》に振《ふ》った。

「いや〜そんなこと気《き》にしなくていいよ〜」

「どうして？」

「野岩鉄道《やがんてつどう》だから！」

頭《あたま》に「？」を浮《う》かべる航君《こうくん》に、この路線《ろせん》に前《まえ》に一度《いちど》乗《の》ったことがある僕《ぼく》はニヒヒと笑《わら》う。

結局《けっきょく》SL《エスエル》大樹《たいじゅ》と同《おな》じように、航君《こうくん》は窓際《まどぎわ》、僕《ぼく》と大樹《たいき》は通路側《つうろがわ》に座《すわ》った。

《お待《ま》たせいたしました。14時《じ》10分発《ぷんはつ》、各駅《かくえき》に停車《ていしゃ》いたします会津田島行《あいづたじまいき》発車《はっしゃ》します。これより野岩鉄道会津鬼怒川線《やがんてつどうあいづきぬがわせん》に入《はい》ります》

ピュルルと車掌《しゃしょう》さんの笛《ふえ》が響《ひび》き、すぐに扉《とびら》がプシュユと閉《し》まる。

床下《ゆかした》からグゥゥゥンとモーター音《おん》が響《ひび》き、会津田島行《あいづたじまいき》の電車《でんしゃ》がゆっくりと走《はし》り出《だ》す。

ガタンゴトン……ガタンゴトン……ガタンゴトン……。

レールとレールの間《あいだ》を車輪《しゃりん》が渡《わた》るたびに、鉄《てつ》と鉄《てつ》の当《あ》たる音《おと》が耳《みみ》に聞《き》こえてきた。

「さぁ〜野岩鉄道《やがんてつどう》では、どんな景色《けしき》が見《み》られるかな〜」

七海《ななみ》ちゃんが言《い》い終《お》わらないうちに、電車《でんしゃ》はコンクリート製《せい》のトンネルに突入《とつにゅう》。

「あ〜ぁ。トンネルかぁ〜。まぁ、すぐに抜《ぬ》けるよね」

七海《ななみ》ちゃんは窓際《まどぎわ》に手《て》を置《お》いて、ニコニコしながら外《そと》を見《み》つめる。

ゴォオオオオオオオオオオオオオ……。

だが、野岩鉄道《やがんてつどう》は、長《なが》いトンネルを出《で》たと思《おも》うと、またすぐにトンネルに入《はい》った。

これから停車《ていしゃ》する駅《えき》と到着予定時刻《とうちゃくよていじこく》を車掌《しゃしょう》さんがアナウンスしてくれるけど、トンネル内《ない》は走行音《そうこうおん》がうるさすぎて、まったくと言《い》っていいほど聞《き》こえない。

「噂《うわさ》には聞《き》いていましたが……これほどのものとは……すごいですね」

大樹《たいき》は、ずっとトンネルが続《つづ》くこの状況《じょうきょう》を楽《たの》しんでいた。

野岩鉄道《やがんてつどう》のトンネルは新《あたら》しい感《かん》じだけど、内部《ないぶ》にはライトがまったくついていない。

そのため、車窓《しゃそう》はほとんど真《ま》っ暗《くら》。まるで夜《よる》に走《はし》る電車《でんしゃ》みたい。

三《みっ》つ目《め》のトンネルに入《はい》ったところで、七海《ななみ》ちゃんは痺《しび》れを切《き》らして振《ふ》り返《かえ》った。

「なんにも景色《けしき》が見《み》えな――い!!」

大声《おおごえ》で叫《さけ》ぶ。ゴォォと走行音《そうこうおん》が響《ひび》いているので、大声《おおごえ》じゃないと聞《き》こえないのだ。

「もしかして野岩鉄道《やがんてつどう》はトンネルばっかりなのか――!! 雄太君《ゆうたくん》はそれを知《し》っていたんだな？」

航君《こうくん》が僕《ぼく》を見《み》てニヤリとする。

「そう。この路線《ろせん》は最近《さいきん》の新幹線《しんかんせん》と同《おな》じなんだ――!!」

「どういうこと――!?」

「野岩鉄道《やがんてつどう》が造《つく》られたのは、比較的新《ひかくてきあたら》しいからねえ――!! 雪深《ゆきぶか》い山々《やまやま》をまっすぐ突《つっ》っ切《き》るようにトンネルが掘《ほ》られたんだ――――!!」

そこに大樹《たいき》も加《くわ》わる。

「昔《むかし》はこういう線路《せんろ》は造《つく》れなかったので、山《やま》を迂回《うかい》するように線路《せんろ》を敷《し》きましたが、近年《きんねん》は鉄道建設技術《てつどうけんせつぎじゅつ》が高《たか》くなり、山《やま》の中《なか》に長《なが》いトンネルを掘《ほ》れるようになったんです。野岩鉄《やがんてつ》道《どう》もその路線《ろせん》の一《ひと》つなんです――――!!」

『トンネルばっかりなんて～～』

七海《ななみ》ちゃんと航君《こうくん》はがっかりしたような表情《ひょうじょう》を浮《う》かべる。

《次《つぎ》は……龍王峡《りゅうおうきょう》に停車《ていしゃ》いたします。お出口《でぐち》は右側《みぎがわ》です……》

車掌《しゃしょう》さんのアナウンスが聞《き》こえてきたので、僕《ぼく》はみんなを励《はげ》ますように言《い》った。

「でも、野岩鉄道《やがんてつどう》の駅《えき》は、とってもおもしろいよ――――!!」

『**駅《えき》がおもしろい――――!?**』

そのとたん、グゥウンと列車《れっしゃ》は速度《そくど》を落《お》とした。

だけど、周囲《しゅうい》はまだ真《ま》っ暗《くら》。トンネルが続《つづ》いている。

「えっ⁉ トンネル内《ない》でまさかの停止信号《ていししんごう》？」

戸惑《とまど》う七海《ななみ》ちゃんに僕《ぼく》は微笑《ほほえ》む。

「まぁまぁ、見《み》ててごらんよ」

グゥウウゥウゥウゥン……キィイイイイン。

二両編成《りょうへんせい》の電車《でんしゃ》は、なんと、トンネル内《ない》に後《うし》ろ半分《はんぶん》を残《のこ》したまま停車《ていしゃ》した。

『なにこれ〜⁉』

七海《ななみ》ちゃんと航君《こうくん》はびっくりし、大樹《たいき》は「ほぅ〜」とうなずく。

ここは単線《たんせん》の右側《みぎがわ》にホームがピタリとついている単式《たんしき》ホーム。

龍王峡《りゅうおうきょう》は、トンネルとトンネルに挟《はさ》まれた谷底《たにぞこ》にある駅《えき》なんだ。

ホームが短《みじか》いこともあって前《まえ》一両分《りょうぶん》しか外《そと》には停車《ていしゃ》できず、仕方《しかた》なくトンネルの一部《いちぶ》を削《けず》ってホームにしている。

だから、後部車両《こうぶしゃりょう》に乗《の》ったお客《きゃく》さんは、トンネル内《ない》のプラットホームに降《お》りることになる。

改札口《かいさつぐち》は上《うえ》のほうにあるから、ホームから続《つづ》く階段《かいだん》をみんな上《のぼ》っていくんだ。

「ね、野岩鉄道《やがんてつどう》の駅《えき》っておもしろいでしょ～」

みんなの驚《おどろ》いた顔《かお》を見《み》まわして、僕《ぼく》は胸《むね》を張《は》った。

お客《きゃく》さんが降《お》り終《お》えると扉《とびら》は閉《し》まり、電車《でんしゃ》は再《ふたた》び長《なが》い長《なが》いトンネルに突入《とつにゅう》する。

ゴォォォォォォォォォォォォォォォォォォォォォォォォォォォ。

通過《つうか》に約《やく》二分半《ふんはん》もかかるトンネルを抜《ぬ》けると、下《した》のほうに町《まち》や道路《どうろ》がワッと広《ひろ》がる。

見上《みあ》げると青《あお》い山々《やまやま》が続《つづ》いていた。

「うわぁ～きれい～!!」

電車《でんしゃ》が減速《げんそく》し、島式《しましき》ホームの左側《ひだりがわ》へと滑《すべ》りこみ停車《ていしゃ》した。

「ここは川治温泉駅《かわじおんせんえき》だよ」

僕《ぼく》がそう言《い》うと、航君《こうくん》は周囲《しゅうい》の景色《けしき》を改《あらた》めて見《み》まわした。

川治温泉《かわじおんせん》は駅《えき》の近《ちか》くだけが開《ひら》けていて、周囲《しゅうい》はこんもりした緑《みどり》の山《やま》にグルリと取《と》り囲《かこ》まれていた。

左側《ひだりがわ》の窓《まど》からのぞくと、三階建《がいだ》て分《ぶん》くらい下《した》に三角屋根《さんかくやね》の駅舎《えきしゃ》が見《み》え、駅前駐車場《えきまえちゅうしゃじょう》には温泉旅館《おんせんりょかん》からお客《きゃく》さんをお迎《むか》えに来《き》た車《くるま》が五台《だい》ほど停《と》まっている。

「ずいぶん高《たか》い位置《いち》にあるなぁ〜この駅《えき》」

そう。航君《こうくん》の言《い》うとおり、この辺《あた》りの線路《せんろ》はコンクリート製《せい》の高《たか》い高架線《こうかせん》の上《うえ》を走《はし》っているんだ。

《川治温泉《かわじおんせん》におきまして、上《のぼ》り列車《れっしゃ》の待《ま》ち合《あ》わせを行《おこな》います》

野岩鉄道《やがんてつどう》は単線《たんせん》だから、こういったホームを中心《ちゅうしん》に線路《せんろ》を二手《ふたて》に分《わ》けた駅《えき》で、上《のぼ》り列車《れっしゃ》と下《くだ》り列車《れっしゃ》が線路《せんろ》をゆずりあうようにしてすれ違《ちが》うんだ。

電車《でんしゃ》は、ドアを開《あ》けたまま、反対側《はんたいがわ》から来《く》る列車《れっしゃ》の到着《とうちゃく》を待《ま》っている。

こういうすれ違《ちが》い待《ま》ちの時間《じかん》も、ローカル線《せん》の楽《たの》しみの一《ひと》つなんだよね。

「じゃあ、しばらくは出発《しゅっぱつ》しないのよね？」

「そうだよ」

僕《ぼく》がうなずくと、七海《なみ》ちゃんは立《た》ち上《あ》がった。トコトコと通路《つうろ》を歩《ある》いて、ホームへ降《お》りる。

もちろん、僕《ぼく》も七海《なみ》ちゃんに続《つづ》く。

運転手《うんてんしゅ》さんは僕《ぼく》らをちゃんと見《み》てくれているので、ホームに置《お》き去《ざ》りにされることはないとは思《おも》うんだけど、やっぱり少《すこ》しドキドキしてしまう。

ホームで背伸《せの》びした七海《ななみ》ちゃんは、クルックルッと方向《ほうこう》を変《か》え、線路《せんろ》の前後《ぜんご》を見渡《みわた》す。

「龍王峡《りゅうおうきょう》と同《おな》じで、この駅《えき》の前後《ぜんご》にもトンネルがあるのねぇ……。さっきの駅《えき》は谷底《たにぞこ》みたいなところにあったけど、今度《こんど》は橋《はし》の上《うえ》にあるみたいな感《かん》じだしねぇ」

僕《ぼく》は空中《くうちゅう》に、山《やま》と谷《たに》にみたてた曲線《きょくせん》を指《ゆび》で描《えが》いた。

「野岩鉄道《やがんてつどう》では、高《たか》い山《やま》にはトンネルを掘《ほ》って、谷《たに》には橋《はし》をかけて、あんまりきつい勾配《こうばい》が生《う》まれないように造《つく》ってあるんだって……」

「だから、どこの駅《えき》も前後《ぜんご》をトンネルに挟《はさ》まれているんだ」

「こういう駅《えき》が一《ひと》つか二《ふた》つある路線《ろせん》は他《ほか》にもあるけど、こんなに連続《れんぞく》しているのは野岩鉄《やがんてつ》道《どう》くらいじゃないかな〜」

七海《ななみ》ちゃんは、クルッと振《ふ》り返《かえ》ってニコリと笑《わら》う。

「だから『野岩鉄道《やがんてつどう》は駅《えき》がおもしろい』のね〜。龍王峡駅《りゅうおうきょうえき》だけじゃなくて」

僕《ぼく》がうなずくと七海《ななみ》ちゃんが続《つづ》ける。

「車窓《しゃそう》からなんにも見《み》えなくても、どんな風《ふう》に線路《せんろ》が造《つく》られているか、どこを線路《せんろ》が走《はし》っているのかって考《かんが》えると、おもしろくなっちゃうよね。私《わたし》にもちょっとだけ、その楽《たの》しさがわかってきたみたい」

七海《ななみ》ちゃんがそう言《い》ってくれたのがうれしくて、僕《ぼく》は思《おも》わずガッツポーズをしちゃった。

会津方面《あいづほうめん》から、二両編成《りょうへんせい》の６０５０系《けい》がトンネルを抜《ぬ》けて近《ちか》づいてくる。

「よしっ、電車《でんしゃ》に戻《もど》ろう！」

七海《ななみ》ちゃんは「うん」とうなずいて、僕《ぼく》と一緒《いっしょ》に車内《しゃない》へ戻《もど》る。

島式《しましき》ホーム反対側《はんたいがわ》の２番線《ばんせん》に新藤原行普通列車《しんふじわらいきふつうれっしゃ》が入《はい》ると、車掌《しゃしょう》さんがこちらの列車《れっしゃ》の扉《とびら》を閉《し》めた。

「出発進行《しゅっぱつしんこう》！」

正面《しょうめん》の信号《しんごう》が青《あお》に変《か》わったのを確認《かくにん》した運転手《うんてんしゅ》さんは、マスコンをカチカチと回《まわ》す。

グゥとモーターが回《まわ》り、電車《でんしゃ》は、再《ふたた》び会津方面《あいづほうめん》へ向《む》かって走《はし》り出《だ》す。

川治温泉《かわじおんせん》を出発《しゅっぱつ》すると、緑色《みどりいろ》に染《そ》まる川《かわ》の上《うえ》の橋《はし》を渡《わた》っていく。

川《かわ》の横《よこ》には旅館《りょかん》やホテルが崖《がけ》に張《は》りつくように建《た》ち並《なら》んでいた。山間《やまあい》にある感《かん》じのいい小《ちい》さな温泉街《おんせんがい》だ。

次《つぎ》の川治湯元《かわじゆもと》は長《なが》い橋《はし》の会津寄《あいづよ》りの端《はし》にあり、やっぱりトンネルの直前《ちょくぜん》。

ここも駅舎《えきしゃ》は遥《はる》か下《した》にあり、空中《くうちゅう》に浮《う》いたホームから谷《たに》に広《ひろ》がる温泉街《おんせんがい》が見渡《みわた》せた。

川治湯元《かわじゆもと》を発車《はっしゃ》すると、僕《ぼく》はデイパックを背負《せお》いながら言《い》う。

「次《つぎ》の駅《えき》で降《お》りるからねぇ～」

大樹《たいき》は路線図《ろせんず》で次《つぎ》の駅《えき》を確認《かくにん》する。

「次《つぎ》は……湯西川温泉《ゆにしがわおんせん》か……」

「さっきから、ずっと駅名《えきめい》が『温泉《おんせん》』ばっかりじゃないか」

航君《こうくん》がプッと笑《わら》いながら突《つ》っこむ。

「こういう山《やま》の中《なか》を走《はし》る路線《ろせん》だから、温泉街《おんせんがい》のあるところにだけ駅《えき》を造《つく》ったんじゃない？」

「湯西川温泉《ゆにしがわおんせん》が、みんなに降《お》りてほしい駅《えき》ってこと？」

七海《ななみ》ちゃんがトートバッグを持《も》ちながら僕《ぼく》の顔《かお》をのぞきこんだ。

僕《ぼく》は少《すこ》し胸《むね》を張《は》って答《こた》える。

「この駅《えき》が野岩鉄道中《やがんてつどうちゅう》、最高《さいこう》のおもしろ駅《えき》だから！」

『どんな駅《えき》!?』
みんな、食《く》いついてくれたけど、ここで種明《たねあ》かしをするわけにはいかない。
「着《つ》けばわかるよ……といっても、しばらくはまだまだトンネルなんだけど……」
電車《でんしゃ》は真《ま》っ暗《くら》なトンネルへ向《む》かって飛《と》びこんでいく。
ゴォオオオオオオオオ……ゴォオオオオオオオ……ゴォオオオオオオオ……。
いったい何分《なんぷん》くらい走《はし》っていたのか?
多分《たぶん》、ここのトンネルは野岩鉄道《やがんてつどう》でも一、二の長《なが》さだ。
数分間《すうふんかん》走《はし》ってやっと先《さき》に、白《しろ》い光《ひかり》が見《み》えてくる。
「あっ、出口《でぐち》―――!!」
七海《ななみ》ちゃんが指差《ゆびさ》した光《ひかり》は、最初豆粒《さいしょまめつぶ》のようだったけど、それがどんどん大《おお》きくなる。
普通《ふつう》ならその光《ひかり》はウワッと大《おお》きくなって、電車全体《でんしゃぜんたい》を包《つつ》むはずだけど……。
キイイイイイイイイイイイイン。
なんと、電車《でんしゃ》は出口《でぐち》の約十《やくじゅう》メートル手前《てまえ》で停車《ていしゃ》した。

「うん？　トンネル内《ない》で停《と》まったよ〜」

戸惑《とまど》ったようにキョロキョロと周囲《しゅうい》を見《み》まわす七海《ななみ》ちゃんの肩《かた》をぽんとたたき、僕《ぼく》はすくっと立《た》ち上《あ》がる。

「ここが湯西川温泉駅《ゆにしがわおんせんえき》だよ」

『え――――っ!?』

三人《にん》の声《こえ》が響《ひび》いた瞬間《しゅんかん》に、プシュュュと左側《ひだりがわ》の扉《とびら》がいっせいに開《ひら》いた。

《お忘《わす》れもののないようにご注意《ちゅうい》ください》

湯西川温泉到着《ゆにしがわおんせんとうちゃく》は14時《じ》27分《ふん》。ここにあるホームは一《ひと》つ。1番線《ばんせん》だけ。

みんなが驚《おどろ》いてくれたのがうれしくて、スキップする勢《いきお》いで僕《ぼく》はホームに降《お》りる。

だが、みんなは肝試《きもだめ》しにでも来《き》たかのような表情《ひょうじょう》でおそるおそるホームに立《た》った。

ここ湯西川温泉駅《ゆにしがわおんせんえき》はトンネルの中《なか》にある駅《えき》なんだ。

線路《せんろ》の左側《ひだりがわ》にあるホームの天井《てんじょう》には、白《しろ》い蛍光灯《けいこうとう》がズラリと並《なら》ぶ。

十《じゅう》メートルほど先《さき》にトンネルの出口《でぐち》があって、そこに見《み》えるのは大《おお》きな川《かわ》にかかっているエンジ色《いろ》の鉄橋《てっきょう》。

後《うし》ろを振《ふ》り向《む》けば、真《ま》っ暗《くら》なトンネルがどこまでも続《つづ》いている。

天井《てんじょう》を見上《みあ》げた七海《ななみ》ちゃんの目《め》が真《ま》ん丸《まる》に見開《みひら》かれている。

「なに〜この駅《えき》――――!?」

「トッ、トンネルの中《なか》に駅《えき》があるなんて!?」

航君《こうくん》も七海《ななみ》ちゃんと同《おな》じように、口《くち》をぽかんと開《あ》けている。

冷静《れいせい》な大樹《たいき》も、トンネル駅《えき》は初《はじ》めてだったからか、目《め》を見張《みは》っている。

「本《ほん》では見《み》たことがあったが、こっ、これがトンネル駅《えき》というやつか!?」

ちょっと、おもしろいのは、この駅《えき》に下車《げしゃ》するお客《きゃく》さんが割合多《わりあいおお》いこと。

今《いま》までの駅《えき》の中《なか》で一番《いちばん》たくさんの人《ひと》が降《お》りたんだ。

お客《きゃく》さんはホームに開《あ》いていた、横穴《よこあな》へ吸《す》いこまれるように消《き》えていく。

残《のこ》っている乗客《じょうきゃく》は、各車内《かくしゃない》に二人《ふたり》ずつくらいかな。

ピィイと車掌《しゃしょう》さんが笛《ふえ》を吹《ふ》くと扉《とびら》が閉《し》まり、ファアアアアンと警笛《けいてき》がトンネルに響《ひび》く。

トンネル駅《えき》を出《で》た電車《でんしゃ》が光《ひかり》の中《なか》に飛《と》び出《だ》し、ガコンガコンと鉄橋《てっきょう》を渡《わた》っていく。

その姿《すがた》をトンネルの中《なか》から見送《みおく》っているのは、なんだか変《へん》な気分《きぶん》。

出口
Exit
エレベーター

こんなことは、他《ほか》の駅《えき》では絶対《ぜったい》にないもんね。

湯西川温泉《ゆにしがわおんせん》のホームは車両《しゃりょう》四両《りょう》がギリギリ停《と》まれるくらいの長《なが》さで、その真《ま》ん中《なか》の辺《あた》りに透明《とうめい》アクリル板《ばん》で囲《かこ》まれたかわいい待合室《まちあいしつ》がある。

赤々《あかあか》と燃《も》えるたいまつを模《も》したランプが並《なら》ぶ壁《かべ》には、周辺《しゅうへん》で冬《ふゆ》に行《おこな》われる『かまくら祭《まつり》』の写真《しゃしん》が、大《おお》きく引《ひ》き伸《の》ばされてギャラリーのように飾《かざ》られていた。

「へくちっ！」

不意《ふい》に七海《ななみ》ちゃんがかわいくくしゃみをした。

すかさず大樹《たいき》が七海《ななみ》ちゃんの肩《かた》に自分《じぶん》のジャケットをさりげなくかけてあげる。

「ありがとう、大樹君《たいきくん》。このホームは外《そと》より気温《きおん》が低《ひく》いのかしら」

「トンネル内《ない》は一年中十《いちねんじゅうじゅう》℃《ど》から十五℃《ど》程度《ていど》だそうですから」

「じゃあ、改札口《かいさつぐち》へ上《あ》がろうか」

僕《ぼく》はホームに開《あ》いていた横穴《よこあな》をクイクイと指差《ゆびさ》した。

ホームから横穴《よこあな》へ入《はい》ると、白《しろ》いＬＥＤ《エルイーディー》に囲《かこ》まれた光《ひかり》のトンネルが続《つづ》いていた。

トンネルの先《さき》に現《あらわ》れた上《のぼ》り階段《かいだん》を見《み》た航君《こうくん》の目《め》が点《てん》になった。

「なに!? この長《なが》い階段《かいだん》!?」

そこには上《うえ》へ上《うえ》へ続《つづ》く階段《かいだん》が、五十段《だん》以上《いじょう》続《つづ》いているのが見《み》えた。

「おぉ……いったい何段《なんだん》あるのでしょうか?」

大樹《たいき》も目《め》を丸《まる》くしているが、僕《ぼく》は心《こころ》の中《なか》で「楽勝《らくしょう》!」と思《おも》った。

僕《ぼく》は先頭《せんとう》を切《き》って階段《かいだん》を上《のぼ》りだす。

「こんなの、へっちゃらだよ」

タタッと追《お》いついてきた七海《ななみ》ちゃんは「へっちゃらって、けっこうあるよ」と口《くち》をとがらせる。

「もっと階段《かいだん》が長《なが》い駅《えき》が他《ほか》にあるからね。最大《さいだい》のトンネル駅《えき》といえば、やっぱり上越線《じょうえつせん》にある『土合駅《どあいえき》』だね」

「その階段《かいだん》も長《なが》いの?」

「土合駅《どあいえき》は上《のぼ》り線《せん》ホームが地上《ちじょう》にあって、下《くだ》り線《せん》ホームがトンネル内《ない》にある珍《めずら》しい駅《えき》なんだけど、階段《かいだん》の長《なが》さは三三八メートル。階数《かいすう》は四六二段《だん》もあるんだ!」

「よっ、四六二段《だん》!?」

僕《ぼく》は右手《みぎて》を斜《なな》め前《まえ》へ向《む》かってビュンと伸《の》ばす。

「だから、ここの八倍《ばい》くらいかな」

「す、すご～～いっ！」

「土合《どあい》の階段《かいだん》は下《した》から見上《みあ》げても頂上《ちょうじょう》が見《み》えないくらいだし、地上改札口《ちじょうかいさつぐち》からかなり時間《じかん》がかかるから、昔《むかし》は十分前《じゅっぷんまえ》には改札《かいさつ》をやめていたほどなんだ」

「電車《でんしゃ》に乗《の》る頃《ころ》には筋肉痛《きんにくつう》になっちゃいそうだね」

「そういえば……つばさ君《くん》とひろみちゃんが『土合駅《どあいえき》へ行《い》った』って言《い》っていたよ」

（そのお話《はなし》は『電車《でんしゃ》で行《い》こう！　スペシャル版《ばん》!!　つばさ事件簿《じけんぼ》　～１２０円《えん》で新幹線《しんかんせん》に乗《の》れる!?～』に載《の》っているよ）

七海《ななみ》ちゃんはそれでも不安《ふあん》そう。

そんな話《はなし》をしているうちに、僕《ぼく》らは階段《かいだん》を上《のぼ》りきった。

階段《かいだん》の先《さき》に、小《ちい》さな改札口《かいさつぐち》があって駅員《えきいん》のおばさんが立《た》っていた。

僕《ぼく》らは記念《きねん》にきっぷを持《も》って帰《かえ》りたいので、「無効《むこう》」にしてもらって、きっぷを渡《わた》さず改札口《かいさつぐち》を抜《ぬ》ける。

トンネルの中《なか》にある駅《えき》だから、とっても小《ちい》さな駅舎《えきしゃ》だろうと思《おも》うかもしれないけど、地《ち》上《じょう》にある建物《たてもの》は二階《かいだ》建ての立派《りっぱ》なもので、駅前《えきまえ》ロータリーも広《ひろ》く作《つく》られていた。

ロータリーには大《おお》きなバスや旅館送迎用《りょかんそうげいよう》のマイクロバスが次々《つぎつぎ》に到着《とうちゃく》し、一般《いっぱん》の車《くるま》も駅《えき》前駐車場《まえちゅうしゃじょう》にどんどん入《はい》ってきて、意外《いがい》なくらいのにぎわい。

「まずは……こっちへ行《い》こう！」

駅舎《えきしゃ》を出《で》た僕《ぼく》は、みんなを連《つ》れてロータリー前《まえ》の二車線道路《しゃせんどうろ》を渡《わた》った。

そこに小《ちい》さな公園《こうえん》がある。

駅《えき》の真上《まうえ》にあって、ホームから見《み》えた鉄橋《てっきょう》が下《した》に見《み》える崖《がけ》の上《うえ》の公園《こうえん》だ。見下《みお》ろすと、黒《くろ》ずんだ鉄橋《てっきょう》の下《した》に、雪解《ゆきど》け水《みず》をたたえたダム湖《こ》がどーんと左右《さゆう》に広《ひろ》がっていた。

湖《みずうみ》の縁《ふち》まで緑《みどり》の山《やま》が迫《せま》っていて、水《みず》にそれが映《うつ》っていてとてもきれい。

僕《ぼく》は、ここからの景色《けしき》をみんなに見《み》てほしかったんだ。


『うわ――――ぁ!!　すごい！　きれい!!』

大盛《おおも》り上《あ》がりの七海《ななみ》ちゃんと航君《こうくん》に、僕《ぼく》はやった！　とうれしくなる。

「きっ、きれいなのは、ここからでもわかりますから……」

高《たか》いところが苦手《にがて》な大樹《たいき》は、公園《こうえん》の入口《いりぐち》のところで腕組《うでぐ》みをしたまま、目《め》をぱちぱちさせていた。

駅前《えきまえ》の駐車場《ちゅうしゃじょう》には、ひっきりなしに車《くるま》が入《はい》ってきては出《で》ていく。

「もう、電車《でんしゃ》の乗客《じょうきゃく》は目的地《もくてきち》に出発《しゅっぱつ》しているのに……なにしに駅《えき》に車《くるま》が集《あつ》まってくるんだろう」

七海《ななみ》ちゃんが周囲《しゅうい》を見《み》まわしながらつぶやく。

その時《とき》、大樹《たいき》がぽんと手《て》をうった。

「なるほど、野岩鉄道《やがんてつどう》の駅《えき》と、道《みち》の駅《えき》が一緒《いっしょ》になっているんですね……」

「そうなんだよ。道《みち》の駅《えき》には無料《むりょう》の足湯《あしゆ》、二階《かい》には日帰《ひがえ》り温泉施設《おんせんしせつ》もあって、一階《いっかい》には地《じ》元《もと》の美味《おい》しい料理《りょうり》を食《た》べられる食堂《しょくどう》や、特産物《とくさんぶつ》を売《う》っているお土産屋《みやげや》さんもあるんだ。それにこの駅《えき》は、このエリアのバスターミナルになっているから、にぎやかなんだよ」

七海《ななみ》ちゃんはニッコリ笑《わら》って、すっと手《て》を上《あ》げた。

「はーい！　私《わたし》、お土産《みやげ》見《み》た〜い!!」

大樹《たいき》は間髪《かんはつ》いれずに答《こた》える。

「次《つぎ》の列車《れっしゃ》は15時《じ》21分《ぷん》です」

「じゃあ、それまで駅《えき》を探検《たんけん》しよう〜!!」

次《つぎ》の電車《でんしゃ》が来《く》るまで、僕《ぼく》らは湯西川温泉駅《ゆにしがわおんせんえき》を楽《たの》しんだ。

7 会津鉄道《あいづてつどう》のすてきな快速《かいそく》

僕《ぼく》らが湯西川温泉《ゆにしがわおんせん》から乗《の》りこんだのは、15時《じ》21分発《ぷんはつ》の会津田島《あいづたじま》行《いき》普通電車《ふつうでんしゃ》。

野岩鉄道《やがんてつどう》は中三依温泉《なかみよりおんせん》、上三依塩原温泉口《かみみよりしおばらおんせんぐち》、男鹿高原《おじかこうげん》、会津高原尾瀬口《あいづこうげんおぜぐち》まで。

七ヶ岳登山口《ななつがたけとざんぐち》から先《さき》は福島県《ふくしまけん》となり、野岩鉄道《やがんてつどう》から会津鉄道《あいづてつどう》に変《か》わって、険《けわ》しい山《やま》の間《あいだ》を抜《ぬ》けるように造《つく》られた線路《せんろ》を走《はし》っていく。

駅舎《えきしゃ》も無人駅《むじんえき》ばかりで一人《ひとり》も電車《でんしゃ》に乗《の》ってこないし、下車《げしゃ》する人《ひと》もいなかった。

６０５０系《けい》を使用《しよう》した東武鉄道《とうぶてつどう》、野岩鉄道《やがんてつどう》、会津鉄道三社《あいづてつどうさんしゃ》の仲良《なかよ》し共同運用《きょうどううんよう》は、次《つぎ》に電《でん》車《しゃ》を乗《の》り換《か》える会津田島《あいづたじま》まで続《つづ》く。

下今市《しもいまいち》で分割《ぶんかつ》された特急《とっきゅう》リバティ会津《あいづ》が、ここ会津田島《あいづたじま》までずっと走《はし》っているんだ。

びっくりしちゃうよね。

会津田島《あいづたじま》で乗《の》り換《か》えるのは、電化《でんか》されているのがここまでで、電車《でんしゃ》ではこれ以上進《いじょうすす》めないからだ。ここからは気動車《きどうしゃ》で進《すす》むんだよ。

ちなみに非電化路線《ひでんかろせん》は、会津若松《あいづわかまつ》の二《ふた》つ手前《てまえ》の駅《えき》である西若松《にしわかまつ》まで。

会津田島到着《あいづたじまとうちゃく》は16時《じ》４分《ぷん》だった。

ここは会津若松《あいづわかまつ》へ向《む》かう人《ひと》の乗《の》り継《つ》ぎ駅《えき》で、この辺《あた》りでは一番大《いちばんおお》きな駅《えき》。

駅舎《えきしゃ》は立派《りっぱ》なコンクリート製二階建《せいにかいだ》てで、お土産屋《みやげや》さんや売店《ばいてん》、レンタカー、レストラン、地域《ちいき》のコミュニケーション施設《しせつ》なども一緒《いっしょ》になっている。

駅舎《えきしゃ》の横《よこ》にはＣ《シー》１１蒸気機関車《じょうききかんしゃ》も展示《てんじ》されていて、乗《の》り継《つ》ぎに三十分《さんじゅっぷん》くらいあれば十分《じゅうぶん》に見学《けんがく》できるよ。

この地区《ちく》は雪《ゆき》が多《おお》く、冬《ふゆ》はすっぽり埋《う》もれてしまうらしいけど、会津鉄道《あいづてつどう》は雪《ゆき》にかなり強《つよ》くて、記録的《きろくてき》な豪雪《ごうせつ》の日以外《ひいがい》は運休《うんきゅう》しないんだって。

そろそろ日《ひ》が傾《かたむ》きはじめていたけど、どうしても寄《よ》っておきたい駅《えき》がもう一《ひと》つあった。

次《つぎ》に来《く》るのはいつになるかわからないから、僕《ぼく》らは欲張《よくば》って、接続《せつぞく》の会津田島《あいづたじま》16時《じ》29分《ふん》発《はつ》の会津若松行普通列車《あいづわかまついきふつうれっしゃ》に乗《の》ることにする。

その列車《れっしゃ》が出《で》る４番線《ばんせん》に行《い》くと、ピンクの車体《しゃたい》にたくさんのキャラクターが描《か》きこまれたディーゼルカーが一両《りょう》、待機《たいき》していた。

浅草《あさくさ》を出《で》た時《とき》は六両《りょう》あった編成《へんせい》も、ついに一両《りょう》になっちゃった！

ガラガラガラガラガラガラガラ……。

気動車《きどうしゃ》のディーゼルエンジンの音《おと》が響《ひび》いている。

「一両《りょう》の電車《でんしゃ》を見《み》るのは初《はじ》めてだ」

そうつぶやいた航君《こうくん》に、七海《ななみ》ちゃんが「違《ちが》うよ」と首《くび》を振《ふ》った。

「これは電気《でんき》で動《うご》く『電車《でんしゃ》』じゃなくて、軽油《けいゆ》を燃料《ねんりょう》にしてディーゼルエンジンで走《はし》る『気動車《きどうしゃ》』なんだよ。だから、あそこに煙突《えんとつ》がついているの」

七海《ななみ》ちゃんは黒《くろ》い煙《けむり》が出《で》ている、屋根《やね》から突《つ》き出《だ》したパイプを指差《ゆびさ》す。

「そうなんだ。電気《でんき》で走《はし》るのが電車《でんしゃ》。軽油《けいゆ》で走《はし》るのが気動車《きどうしゃ》なんだね。よし、覚《おぼ》えておこう」

航君《こうくん》に尊敬《そんけい》のまなざしで見《み》つめられて、七海《ななみ》ちゃんは、ちょっと照《て》れたようにてへっと笑《わら》った。

「これはＡＴ《エーティー》－５５０形《がた》という車両《しゃりょう》のようです」

大樹《たいき》は車体《しゃたい》の横《よこ》に書《か》かれた形式番号《けいしきばんごう》と革《かわ》の手帳《てちょう》を見比《みくら》べる。

この車両《しゃりょう》は一両《りょう》だから「～系《けい》」じゃなくて「～形《がた》」なんだね。

「いろいろなキャラクターが車体《しゃたい》いっぱいに描《か》かれているのねぇ」

「これは『花咲《はなさ》くあいづ号《ごう》』と言《い》って、イラストは一般《いっぱん》のかたからの公募《こうぼ》だそうです」

「自分《じぶん》の描《か》いたイラストがラッピングされるなんてステキねっ！」

「僕《ぼく》も一度《いちど》車体《しゃたい》ラッピングに挑戦《ちょうせん》してみたいですね」

将来鉄道車両《しょうらいてつどうしゃりょう》デザイナーを目指《めざ》している大樹《たいき》は、真剣《しんけん》にデザインをチェックしている。

車内《しゃない》は真《ま》ん中《なか》に通路《つうろ》を挟《はさ》んで、青《あお》いモケットの張《は》られたボックスシートが左右《さゆう》に四組《くみ》ずつ並《なら》び、前方《ぜんぽう》には短《みじか》いロングシート、後方《こうほう》にはトイレが備《そな》えつけられていた。

ワンマン運転《うんてん》だから、運転台《うんてんだい》の横《よこ》にはバスで使《つか》っているような運賃箱《うんちんばこ》と、次《つぎ》の停車駅《ていしゃえき》と運賃《うんちん》を表示《ひょうじ》する電子式《でんししき》の運賃表《うんちんひょう》があった。

乗《の》った瞬間《しゅんかん》、ちょっと和《なご》んでしまうローカル車両《しゃりょう》だ。

僕《ぼく》はこういう車両《しゃりょう》が大好《だいす》き！

ファロン～♪　ファロン～♪

16時《じ》29分《ふん》。チャイムが鳴《な》って扉《とびら》が閉《し》まり、会津若松行《あいづわかまついき》普通列車《ふつうれっしゃ》が走《はし》り出《だ》す。

グォォとエンジンをうならせながら加速《かそく》し、駅《えき》を出《で》たところでフィと警笛《けいてき》を鳴《な》らす。

そして、田畑《たはた》の間《あいだ》にポツンポツンと家《いえ》の建《た》つ、のどかな田園風景《でんえんふうけい》を突《つ》っきるように通《とお》った線路《せんろ》をゆっくり走《はし》っていく。

会津鉄道《あいづてつどう》の楽《たの》しさは、鉄道《てつどう》ファンにはたまらない特別席《とくべつせき》があること。

運転手《うんてんしゅ》さんは正面左側《しょうめんひだりがわ》のシートに座《すわ》っているんだけど、右側《みぎがわ》は開放《かいほう》されているから正面《しょうめん》窓《まど》にかなり近《ちか》づいて前面展望《ぜんめんてんぼう》を楽《たの》しむことができるんだ。

ログハウスのような小《ちい》さな駅舎《えきしゃ》しかない無人駅《むじんえき》に停車《ていしゃ》しながら進《すす》むこと、約三十分《やくさんじゅっぷん》。

ワンマン列車《れっしゃ》なので機械《きかい》の女性《じょせい》ボイスによって案内《あんない》がされる。

《次《つぎ》は湯野上温泉《ゆのかみおんせん》……湯野上温泉《ゆのかみおんせん》です》

ここが目的《もくてき》の駅《えき》。

列車《れっしゃ》がキィインと停車《ていしゃ》すると、僕《ぼく》らは会津若松《あいづわかまつ》までのきっぷを運転手《うんてんしゅ》さんに見《み》せた。

『ここで途中下車《とちゅうげしゃ》しまーす』

「はい。わかりました」

運転手《うんてんしゅ》さんはニコリと笑《わら》って僕《ぼく》らを通《とお》してくれた。

会津鉄道《あいづてつどう》では駅員《えきいん》さんのいる、いくつかの駅《えき》でだけ、途中下車《とちゅうげしゃ》ができるのだ。

湯野上温泉《ゆのかみおんせん》もそんな駅《えき》の一《ひと》つ。

到着時刻《とうちゃくじこく》は16時《じ》57分《ふん》。

ここは上下線《じょうげせん》のホームがズレていて、互《たが》い違《ちが》いの位置《いち》にある。

「うわぁ～なに～この駅《えき》～!!」

向《む》かい側《がわ》のホームにある駅舎《えきしゃ》を見《み》た七海《ななみ》ちゃんがかわいい声《こえ》で叫《さけ》ぶ。

物語好《ものがたりず》きな七海《ななみ》ちゃんの目《め》はもう☆になっている。

大樹《たいき》がカチャリとメガネに手《て》をあてて、静《しず》かに言《い》う。

「これはまさに日本昔《にほんむかし》ばなしのせかいですね」

「ねっ、いいだろ？　この駅《えき》をみんなに見《み》てもらいたかったんだぁ～」

湯野上温泉《ゆのかみおんせん》の駅舎《えきしゃ》は茅葺《かやぶ》き屋根《やね》で、大樹《たいき》が言《い》うとおり昔話《むかしばなし》の絵本《えほん》から飛《と》び出《だ》してきたかのよう。

「一万近《まんちか》くある駅《えき》の中《なか》で、古《ふる》くからの茅葺《かやぶ》き屋根《やね》は湯野上温泉《ゆのかみおんせん》だけなんだって～」

僕《ぼく》が言《い》うと、みんな『へぇ〜』と感心《かんしん》しながら古《ふる》びた駅舎《えきしゃ》を見上《みあ》げた。

この駅《えき》では、電車《でんしゃ》のすれ違《ちが》いをするらしいんだけど、まだ、上《のぼ》り列車《れっしゃ》が来《こ》ないので僕《ぼく》はみんなを構内踏切《こうないふみきり》に連《つ》れていく。

踏切《ふみきり》を見《み》た航君《こうくん》は、ビクンと体《からだ》を震《ふる》わせた。

「ここ遮断機《しゃだんき》ないの!?　あぶなくない？」

そう、この踏切《ふみきり》には警報《けいほう》とランプはあるけど、通《とお》れないようにする棒《ぼう》がない。

踏切《ふみきり》には必《かなら》ずあると思《おも》っていた遮断機《しゃだんき》がないと、不安《ふあん》に感《かん》じちゃうよね。

僕《ぼく》は左右《さゆう》から電車《でんしゃ》が来《き》ていないのを確認《かくにん》してから、航君《こうくん》に向《む》かって笑《わら》いかけた。

「大丈夫《だいじょうぶ》。こうやってしっかり確認《かくにん》すれば。それにローカル線《せん》の運転手《うんてんしゅ》さんはやさしいから、いつもちゃんと安全運転《あんぜんうんてん》してくれるよ」

今《いま》まで乗《の》っていた列車《れっしゃ》の前《まえ》を横切《よこぎ》って、上《のぼ》りホームへ渡《わた》った。

重《おも》たそうな茅葺《かやぶ》き屋根《やね》を年代物《ねんだいもの》の太《ふと》い木《き》がしっかり支《ささ》えている。壁《かべ》はしっくいを施《ほどこ》した白壁《しらかべ》だ。駅舎《えきしゃ》の扉《とびら》はカラカラと横《よこ》へ開《ひら》く木製《もくせい》のスライド式《しき》で、駅名《えきめい》は墨字《すみじ》で縦書《たてが》きだった。

当然《とうぜん》、自動改札機《じどうかいさつき》などなく、ラッチと呼《よ》ばれるステンレスの囲《かこ》いがあるだけ。

なにもかもが純和風《じゅんわふう》でレトロで、そこにいるだけでほっこりしてしまう。

しばらくしてやってきた二両編成《りょうへんせい》の上《のぼ》り普《ふ》通列車《つうれっしゃ》を見送《みおく》ってから待合室《まちあいしつ》へ入《はい》る。

「みんな途中下車《とちゅうげしゃ》ね」

僕《ぼく》らのきっぷを確認《かくにん》したおばさんたちが、すぐにバタバタと片《かた》づけを始《はじ》める。今《いま》まではきっぷの販売《はんばい》も売店《ばいてん》も営業《えいぎょう》していたみたいだけど、営業時間《えいぎょうじかん》は17時《じ》までなんだって。

広《ひろ》い待合室《まちあいしつ》には木《き》の切《き》り株《かぶ》のテーブルに木《もく》製《せい》ベンチがあり、壁《かべ》は本棚《ほんだな》になっていた。

そして、改札口《かいさつぐち》に近《ちか》い角《かど》は小上《こあ》がりになっていて、そこには囲炉裏《いろり》まで切《き》ってある。

天井《てんじょう》からは煮物《にもの》をする鍋《なべ》を吊《つ》るための「自《じ》

在鉤《ざいかぎ》」とよばれる金具《かなぐ》がぶら下《さ》がり、下《した》のほうにはストッパーの役目《やくめ》をする魚形《さかながた》の黒《くろ》い「横木《よこぎ》」があった。

「中《なか》も昔話《むかしばなし》に出《で》てくるお家《うち》みたい〜」

七海《ななみ》ちゃんは超大喜《ちょうおおよろこ》び。

これがテーマパークならわかるけど、普通《ふつう》の駅舎《えきしゃ》なところが驚《おどろ》きだよね。

囲炉裏《いろり》にはフタがしてあったけど、周囲《しゅうい》には線香《せんこう》のような香《かお》りが漂《ただよ》っていた。

僕《ぼく》がクンクンと鼻《はな》を動《うご》かしていると、

「虫《むし》よけの臭《にお》いが気《き》になる？」

と、閉《と》じたきっぷ売《う》り場《ば》に鍵《かぎ》をかけながら、おばさんが笑《わら》った。

「これ、虫《むし》よけの香《かお》りなんですか？」

「この屋根《やね》は『茅《かや》』っていう植物《しょくぶつ》を干《ほ》した物《もの》だから、どうしても虫《むし》が住《す》み着《つ》くのよ。だから、さっきまで囲炉裏《いろり》で虫《むし》が嫌《きら》うような薬草《やくそう》を燃《も》やしていたの」

「へぇ〜そうなんですね」

「この辺《へん》にコンビニはありますか？」

航君《こうくん》がおばさんに聞《き》いた。

「ここには、なんにもないわよ～」

「コンビニもないんだ……」

ちょっとがっかりしたような航君《こうくん》に、おばさんがニコリと微笑《ほほえ》む。


「ここのいいところは、なにもないところだから～」


僕《ぼく》は胸《むね》がいっぱいになった。感動《かんどう》しちゃったんだ。

普通《ふつう》は「すぐ近《ちか》くにコンビニがある」「駅前《えきまえ》にデパートがある」とか、便利《べんり》なことを自《じ》慢《まん》にしているのに、湯野上温泉《ゆのかみおんせん》では「なにもない」ことが自慢《じまん》だって言《い》うんだもん。

なにもなく静《しず》かな町《まち》もいいなって僕《ぼく》も思《おも》う。

早《はや》く目的地《もくてきち》に着《つ》ける新幹線《しんかんせん》も大好《だいす》きだけど、ゆっくり走《はし》る蒸気機関車《じょうききかんしゃ》も大好《だいす》きな僕《ぼく》は、便利《べんり》なことだけが価値《かち》があるんじゃないって思《おも》っているんだ。

「僕《ぼく》、この駅《えき》が好《す》きです！」

「まあ、うれしいわ。そう言《い》ってもらって。夏《なつ》には蛍《ほたる》が見《み》られるのよ。またその頃《ころ》ぜひみんなで遊《あそ》びにいらっしゃい」

「は～い。そうしまーす」

すべての片《かた》づけを終《お》えたおばさんは、鍵《かぎ》を閉《し》めて帰《かえ》っていく。

おばさんが帰《かえ》ると、駅《えき》には誰《だれ》もいなくなってシーンと静《しず》まり返《かえ》った。

しばらくは別々《べつべつ》に駅舎《えきしゃ》やホームを見《み》て回《まわ》っていたが、さすがに小《ちい》さなローカル駅《えき》では、探検《たんけん》にそんなに時間《じかん》はかからない。

みんなが待合室《まちあいしつ》に戻《もど》ってきたところで、僕《ぼく》は声《こえ》をかける。

「じゃあ、次《つぎ》の電車《でんしゃ》が来《く》るまで、温泉《おんせん》に行《い》かない？」

『温泉《おんせん》があるの!?』

「あるんだよ。すぐ近《ちか》くに！」

みんなを連《つ》れて駅舎《えきしゃ》を出《で》て右《みぎ》へ曲《ま》がり、和風《わふう》な時計塔《とけいとう》の前《まえ》を通《とお》り抜《ぬ》ける。

自動販売機《じどうはんばいき》の向《む》こうに木《き》の屋根《やね》が見《み》え、その下《した》に木《き》のベンチが並《なら》んでいた。

十字形《じゅうじがた》に並《なら》んだベンチの前《まえ》は石造《いしづく》りの足湯《あしゆ》になっていて、白《しろ》い湯気《ゆげ》があがっている。

『すごい！　足湯《あしゆ》だ――――!!』

みんなの目《め》がパッと輝《かがや》く。

なんと、足湯《あしゆ》とはいえ、贅沢《ぜいたく》な二十四時間源泉《にじゅうよじかんげんせん》かけ流《なが》し！　しかも無料《むりょう》だ。

春《はる》とはいっても、会津《あいづ》の四月《がつ》の夕方《ゆうがた》はまだまだ寒《さむ》い。

僕《ぼく》らはさっそく靴《くつ》と靴下《くつした》を脱《ぬ》いで、ズボンの裾《すそ》をまくりあげポチャンとお湯《ゆ》に足《あし》を入《い》れる。ふくらはぎまで、あったかい温泉《おんせん》に包《つつ》まれた。

『はぁ～ぁ。さすが温泉《おんせん》～』

肩《かた》を寄《よ》せ合《あ》ったみんなから、心《こころ》からとけてしまいそうな声《こえ》が出《で》る。

足《あし》があったまり、徐々《じょじょ》に体全体《からだぜんたい》がぽかぽかしてきた。

「まるで本当《ほんとう》のおふろに入《はい》っているみたい。気持《きも》ちいい～っ」

七海《ななみ》ちゃんがほわんとした顔《かお》でつぶやく。

「ツボが集《あつ》まっている足《あし》を温《あたた》めると全身《ぜんしん》の血行《けっこう》がよくなるんだそうですよ」

大樹《たいき》の説明《せつめい》に、みんな「そうかも」と納得《なっとく》だ。

足湯《あしゆ》ですっかりあったまった僕《ぼく》らは、18時《じ》にはまた待合室《まちあいしつ》に戻《もど》った。

ローカル線《せん》は列車《れっしゃ》の本数《ほんすう》が少《すく》ないから乗《の》り遅《おく》れないようにしないとね。

日《ひ》が沈《しず》むと気温《きおん》はぐっと下《さ》がってきた。

時間前《じかんまえ》に待合室《まちあいしつ》を出《で》て下《くだ》りホームに行《い》く。

18時《じ》10分《ぷん》に二両編成《りょうへんせい》の『リレー号《ごう》』がやってくる。

後部車両《こうぶしゃりょう》は白《しろ》い車体《しゃたい》に黄色《きいろ》のラインが二本入《ほんはい》った普通《ふつう》の車両《しゃりょう》だったが、先頭車《せんとうしゃ》は全体《ぜんたい》が真《ま》っ赤《か》に塗《ぬ》られ、正面上部《しょうめんじょうぶ》には二《ふた》つのヘッドライトが光《ひか》っている。

真《ま》ん中《なか》の貫通扉《かんつうとびら》を挟《はさ》んで左右《さゆう》に二《ふた》つの窓《まど》があり、運転台側《うんてんだいがわ》には「AIZU《アイヅ》」とアルファベットで書《か》かれた三角形《さんかくけい》のエンブレムが入《はい》っていた。

「おっ！　もしかして!?」

僕《ぼく》のテンションが急上昇《きゅうじょうしょう》する。

プシュユユユユユ。

一番前《いちばんまえ》の扉《とびら》だけが開《ひら》く。中《なか》に入《はい》った僕《ぼく》は思《おも》わずこぶしを握《にぎ》った。

車内《しゃない》はまるで観光列車《かんこうれっしゃ》みたいだった。

壁《かべ》はきれいな木目調《もくめちょう》で統一《とういつ》され、回転式《かいてんしき》の豪華《ごうか》リクライニングシートの座席《ざせき》がゆったりと向《む》かい合《あ》わせに配置《はいち》されている。

七海《ななみ》ちゃんが不安《ふあん》そうに首《くび》をかしげる。

「この車両《しゃりょう》に本当《ほんとう》に乗《の》っていいの？　これは座席指定《ざせきしてい》のいる列車《れっしゃ》じゃない？」

「大丈夫《だいじょうぶ》、大丈夫《だいじょうぶ》」

僕《ぼく》らは通路《つうろ》を歩《ある》いて、空《あ》いていた向《む》かい合《あ》わせの四人《よにん》シートに座《すわ》った。

すぐにドアが閉《し》まりゴゴゴゴと、真《ま》っ暗《くら》な線路《せんろ》を列車《れっしゃ》が走《はし》り出《だ》す。

「超《ちょう》ラッキーだったね。これは『AIZU《アイヅ》マウントエクスプレス』用《よう》の車両《しゃりょう》なんだ」

まだ心配《しんぱい》そうな顔《かお》をしている七海《ななみ》ちゃんと航君《こうくん》に僕《ぼく》は言《い》った。

「AIZU《アイヅ》マウントエクスプレス？」

航君《こうくん》が聞《き》き返《かえ》す。大樹《たいき》がうなずく。

「東武日光《とうぶにっこう》や東武鬼怒川温泉《とうぶきぬがわおんせん》から、一本《いっぽん》で会津若松《あいづわかまつ》へ行《い》ける快速列車《かいそくれっしゃ》です。特急列車《とっきゅうれっしゃ》でも観光列車《かんこうれっしゃ》でもありませんので、座席指定券《ざせきしていけん》などの追加料金《ついかりょうきん》なしで乗《の》れるんです」

「追加料金《ついかりょうきん》なしに、こんなすてきな車両《しゃりょう》に乗《の》っていいんだぁ〜」

豪華《ごうか》な車内《しゃない》を今度《こんど》は余裕《よゆう》で、七海《ななみ》ちゃんが見《み》まわす。

「会津若松《あいづわかまつ》へ早《はや》くお得《とく》に行《い》きたいなら、ＡＩＺＵ《アイヅ》マウントエクスプレスがおすすめなんだ。今乗《いまの》ってるのは、リレー号《ごう》っていう列車《れっしゃ》なんだけどＡＩＺＵ《アイヅ》マウントエクスプレスの車両《しゃりょう》が使《つか》われてるんだ」

「会津鉄道《あいづてつどう》さんはやさしいねぇ～。このシート気持《きも》ちいい～」

窓《まど》の外《そと》はもう真《ま》っ暗《くら》でコトンコトンと聞《き》こえてくる走行音《そうこうおん》は子守《こも》り歌《うた》みたい。

今日《きょう》は出発《しゅっぱつ》も早《はや》かったし、日光《にっこう》も観光《かんこう》したし、たくさん電車《でんしゃ》に乗《の》った上《うえ》に、さっき足湯《あしゆ》でほっこり温《あたた》まっちゃったから、いつの間《ま》にかみんなうとうとしてしまった。

会津若松《あいづわかまつ》には18時《じ》51分《ぷん》到着《とうちゃく》。改札口《かいさつぐち》には航君《こうくん》のおじいちゃんが迎《むか》えにきてくれていた。

「おじいちゃ～ん!!　やっと、おじいちゃんの劇《げき》を見《み》にこられたよっ！」

航君《こうくん》の後《うし》ろから追《お》いかけて、僕《ぼく》らはお世話《せわ》になるおじいちゃんにあいさつをした。

『今日《きょう》はよろしくお願《ねが》いします！』

「みんな、よく来《き》たね。航《こう》を連《つ》れてきてくれてありがとう。お腹《なか》がすいただろう。おばあさんがごちそうを作《つく》って待《ま》ってるよ」

おじいちゃんは、みんなの頭《あたま》をくしゃくしゃくしゃになでてくれた。

会津・日光

8 おじいちゃんの劇《げき》が中止《ちゅうし》に!?

航君《こうくん》のおじいちゃんちに泊《と》まった僕《ぼく》らは、朝《あさ》、おじいちゃんの運転《うんてん》する車《くるま》に乗《の》せてもらって会津若松《あいづわかまつ》の中心《ちゅうしん》にある『鶴ヶ城《つるがじょう》』へ向《む》かった。

歴史《れきし》の教科書《きょうかしょ》なんかには『会津若松城《あいづわかまつじょう》』とも書《か》かれているみたいなんだけど、地元《じもと》の人《ひと》たちは鶴ヶ城《つるがじょう》と呼《よ》んでいるんだって。

少《すこ》し肌寒《はだざむ》いけど、天気《てんき》がすごくよくて雲一《くもひと》つない青空《あおぞら》。

市内《しない》を十五分《ふん》くらい走《はし》った車《くるま》は、鶴ヶ城《つるがじょう》の石垣《いしがき》で囲《かこ》まれた道《みち》を通《とお》って鶴ヶ城公園西出丸《つるがじょうこうえんにしでまる》駐車場《ちゅうしゃじょう》に停車《ていしゃ》する。

おじいちゃんは自信《じしん》たっぷりの顔《かお》でニヤリと笑《わら》った。

「さぁ、会津自慢《あいづじまん》の桜《さくら》を見《み》てくれい！」

扉《とびら》を開《ひら》いて外《そと》へ出《で》た瞬間《しゅんかん》、ものすごい景色《けしき》が目《め》に飛《と》びこんでくる。

お城《しろ》が桜色《さくらいろ》の雲《くも》に包《つつ》まれているみたいで、天空《てんくう》の城《しろ》ならぬ桜《さくら》の花《はな》の中《なか》に浮《う》かぶ城《しろ》だ。

「うわっ！　桜《さくら》が本当《ほんとう》にキレ～イ!!」

七海《ななみ》ちゃんは胸《むね》の前《まえ》で両手《りょうて》をあわせた。

「会津若松《あいづわかまつ》ではゴールデンウィークに満開《まんかい》なのですね」

大樹《たいき》はメガネのフレームに手《て》をそえてつぶやく。

「……きれいだなぁ。本当《ほんとう》にきれいな桜《さくら》だ……」

僕《ぼく》は感動《かんどう》で胸《むね》が熱《あつ》くなった。そしてふと、さくらちゃんのことを思《おも》い出《だ》した。

さくらちゃんがアメリカへ行《い》く前《まえ》に、二人《ふたり》で見《み》たのは京急線《けいきゅうせん》の河津桜《かわづざくら》だった。

さくらちゃん……元気《げんき》かな。会《あ》いたいなぁ。

この会津《あいづ》の桜《さくら》も、さくらちゃんに見《み》せてあげたい。

桜《さくら》に囲《かこ》まれた石垣《いしがき》の間《あいだ》の道《みち》を、航君《こうくん》のおじいちゃんはズンズン歩《ある》いていく。

七海《ななみ》ちゃんは、タタッとおじいちゃんに駆《か》け寄《よ》った。

「今回《こんかい》の劇《げき》はどんな内容《ないよう》なんですか？」

「会津《あいづ》一番《いちばん》のヒロイン『八重《やえ》』の物語《ものがたり》だよ」

「八重《やえ》？」

そこからは航君《こうくん》が説明《せつめい》してくれる。

「八重《やえ》は会津藩砲術師範《あいづはんほうじゅつしはん》の家《いえ》の長女《ちょうじょ》として生《う》まれ、会津戦争《あいづせんそう》では狙撃手《そげきしゅ》として大活躍《だいかつやく》した、会津《あいづ》では有名《ゆうめい》な女性《じょせい》なんだ」

おじいちゃんは、江戸時代《えどじだい》から明治《めいじ》に替《か》わる時《とき》、旧幕府軍《きゅうばくふぐん》と薩摩《さつま》と長州《ちょうしゅう》を中心《ちゅうしん》とする新《しん》政府軍《せいふぐん》との間《あいだ》でいくつもの戦《たたか》いがあったんだと、話《はな》しはじめた。

最初《さいしょ》は京都《きょうと》で、次《つぎ》に東京《とうきょう》・上野《うえの》で。

航君《こうくん》と出会《であ》った上野公園《うえのこうえん》がまさにその場所《ばしょ》だった。

「中《なか》でも、もっともはげしかったのがここ会津《あいづ》での戦《たたか》いだったんだ」

徳川家《とくがわけ》への忠誠《ちゅうせい》が強《つよ》かった藩主《はんしゅ》を戴《いただ》いた会津《あいづ》では、藩《はん》をあげて新政府軍《しんせいふぐん》に立《た》ち向《む》かった。

会津《あいづ》の人々《ひとびと》は攻《せ》めてきた新政府軍《しんせいふぐん》を前《まえ》に、この鶴ヶ城《つるがじょう》に一《いっ》か月《げつ》も籠城《ろうじょう》。数千人《すうせんにん》の人《ひと》が戦《せん》闘《とう》で命《いのち》を落《お》としたという。

「少年《しょうねん》たちも戦《たたか》った。白虎隊《びゃっこたい》の中《なか》には、航《こう》や君《きみ》たちよりちょっと上《うえ》の少年《しょうねん》が大勢《おおぜい》いたんだ」

十六、十七歳《さい》の会津《あいづ》の武士《ぶし》の少年《しょうねん》たちが参加《さんか》していた白虎隊《びゃっこたい》の話《はなし》になったら、おじいちゃんの目《め》がうるみはじめた。
白虎隊《びゃっこたい》は、戦場《せんじょう》から撤退《てったい》して飯盛山《いいもりやま》にたどり着《つ》いたんだって。でも新政府軍《しんせいふぐん》の攻撃《こうげき》で黒煙《こくえん》に包《つつ》まれる城下町《じょうかまち》を見《み》て、もはやこれまでと、自《みずか》ら死《し》を選《えら》んだらしい。

僕《ぼく》らと年《とし》があまり変《か》わらない少年《しょうねん》たちが戦《たたか》いの中《なか》で大勢《おおぜい》亡《な》くなったと聞《き》いて、胸《むね》がつんと痛《いた》くなった。

会津戦争《あいづせんそう》をはじめとする戊辰戦争《ぼしんせんそう》が、歴史《れきし》の一ページだなんて思《おも》えなくなった。

「砲術師範《ほうじゅつしはん》の娘《むすめ》だった八重《やえ》は、その籠城戦《ろうじょうせん》で新式《しんしき》の七連発《ななれんぱつ》スペンサー銃《じゅう》を手《て》に鉢巻《はちま》きを巻《ま》いて、男《おとこ》たちにまじって戦《たたか》った。会津《あいづ》の心《こころ》を伝《つた》える八重《やえ》の物語《ものがたり》だからね、劇《げき》に参加《さんか》する子《こ》たちは、ここ数《すう》か月間《げつかん》、学校《がっこう》の放課後《ほうかご》に集《あつ》まって練習《れんしゅう》して、やっと今日《きょう》を迎《むか》えたんだよ」

おじいちゃんはうれしそうに続《つづ》ける。

「まぁ、楽《たの》しみにしていなさい!! 今年《ことし》は今《いま》までの中《なか》でも最高傑作《さいこうけっさく》だから。ヒロイン役《やく》の豊岡加奈子《とよおかかなこ》ちゃんの演技《えんぎ》が素晴《すば》らしいんだよ」

どんな劇《げき》なのか楽《たの》しみだなぁ〜。

Ｌ字形《エルじがた》になっている石垣沿《いしがきぞ》いの道《みち》を二度《ど》ほど曲《ま》がると、その前《まえ》に桜《さくら》の森《もり》がバンと広《ひろ》がる。

『うわぁ……』

桜《さくら》の後《うし》ろには、白《しろ》い壁《かべ》の天守閣《てんしゅかく》があり、薄《うす》い水色《みずいろ》の空《そら》が広《ひろ》がっている。

この城《しろ》でそんな激《はげ》しい戦《たたか》いがあったなんて信《しん》じられないような美《うつく》しさだ。

僕《ぼく》らは高《たか》くそびえる天守閣《てんしゅかく》を見上《みあ》げながら、表門《おもてもん》を抜《ぬ》け本丸《ほんまる》に向《む》かった。

本丸《ほんまる》には天守閣《てんしゅかく》をバックにして特設《とくせつ》イベントステージが造《つく》られていた。

小学校《しょうがっこう》の体育館《たいいくかん》にあるような大《おお》きさの白《しろ》いステージの左右《さゆう》には大《おお》きなスピーカーが積《つ》まれ、ステージの脇《わき》の白《しろ》いテントには放送機材《ほうそうきざい》が並《なら》べられている。

その中《なか》を「会津桜《あいづさくら》まつり」と背中《せなか》に書《か》かれたスタッフジャンパーを着《き》たスタッフさんが大勢《おおぜい》、忙《いそが》しそうに走《はし》り回《まわ》っている。

《テステステス……はぁはぁ……へぇへぇへぇ……はぁはぁ……》

スピーカーからはマイクテストをする声《こえ》が聞《き》こえた。

航君《こうくん》が急《きゅう》にクルリと僕《ぼく》らに振《ふ》り向《む》く。

「ありがとう、僕《ぼく》をここまで連《つ》れてきてくれて！　おかげで、やっとおじいちゃんの劇《げき》が見《み》られるよ！」

目《め》をウルウルさせながら言《い》う航君《こうくん》に、僕《ぼく》らはそろって首《くび》を横《よこ》に振《ふ》った。

「僕《ぼく》らのほうこそ、ありがとう。航君《こうくん》のおかげで会津《あいづ》まで電車《でんしゃ》で来《く》ることができて、すごく楽《たの》しかったよ」

「そう言《い》ってくれてうれしいよ。でもまだ信《しん》じられない……おじいちゃんの劇《げき》がほんとに見《み》られるなんて。やっぱりT3《ティースリー》のおかげさ」

「航君《こうくん》が『おじいちゃんの劇《げき》を見《み》たい！』って願《ねが》ったから、きっと実現《じつげん》できたんだって、僕《ぼく》は思《おも》うよ」

僕《ぼく》がそう言《い》うと、七海《ななみ》ちゃんと大樹《たいき》は一緒《いっしょ》にうなずいた。

「僕《ぼく》が願《ねが》ったから？」

「そう、一所懸命《いっしょけんめい》願《ねが》っていたから実現《じつげん》したんだよ！」

航君《こうくん》は微笑《ほほえ》んだ。

「そうか……でもここへ来《こ》られたのは、やっぱり鉄道《てつどう》にくわしいT3《ティースリー》のみんながいたからさ！」

『……航君《こうくん》』

「ほんとに楽《たの》しかったな、電車《でんしゃ》の旅行《りょこう》も。T3《ティースリー》のおかげで、僕《ぼく》は電車《でんしゃ》のことが好《す》きになっちゃったよ！」

僕《ぼく》は飛《と》び上《あ》がりそうにうれしくなった。きっと、みんなも……。

「電車《でんしゃ》はきっぷさえ持《も》っていれば、どこへでも行《い》ける夢《ゆめ》の乗《の》り物《もの》だからね！」

「そうだね！　電車《でんしゃ》も歴史《れきし》と同《おな》じくらいおもしろいって、よくわかったよ」

そんな僕《ぼく》らをおじいちゃんは、ニコニコしながら見《み》つめていた。

「とりあえず、リハーサルの打《う》ち合《あ》わせをするか」

おじいちゃんはテントへ向《む》かって歩《ある》いていく。

『おはようございます！』

スタッフさんたちはおじいちゃんを見《み》つけてあいさつをする。

そこへスーツを着《き》た人《ひと》がやってきて、おじいちゃんに名刺《めいし》を渡《わた》した。

「劇《げき》の台本《だいほん》を書《か》かれていらっしゃる河合《かわい》さんですね。会津《あいづ》テレビの藤堂《とうどう》です。今日《きょう》13時《じ》からの劇《げき》を取材《しゅざい》させていただき、夕方《ゆうがた》のニュースで流《なが》したいと思《おも》っております。どうぞよろしくお願《ねが》いします」

「テッ、テレビですか？　わかりました。よろしくお願《ねが》いします」

さすがにテレビ取材《しゅざい》が来《く》るとは思《おも》っていなかったらしく、おじいちゃんは目《め》を瞠《みは》った。

「他《ほか》に雑誌《ざっし》も取材《しゅざい》に来《く》るそうですから、舞台《ぶたい》、がんばってくださいねっ！」

「テレビの上《うえ》に雑誌《ざっし》まで!?」

「ええ、小学生《しょうがくせい》だけの舞台《ぶたい》は珍《めずら》しいですから、きっと話題《わだい》になりますよ」

テレビ局《きょく》の人《ひと》は「では、のちほど」と言《い》って去《さ》っていく。

「おじいちゃんすごいねっ！　テレビに出《で》ちゃうの!?」

航君《こうくん》がおじいちゃんに駆《か》けよる。

「あっははは……まぁな」

その時《とき》、一人《ひとり》のスタッフさんが、血相《けっそう》を変《か》えて飛《と》びこんできた。

「河合《かわい》のおじいちゃん！　加奈子《かなこ》ちゃんがインフルエンザだそうです！」

「なっ、なんだとっ!?　インフルエンザ!?」

おじいちゃんは愕然《がくぜん》となった。

「加奈子《かなこ》ちゃんって、主役《しゅやく》の子《こ》って言《い》ってなかった？」

七海《ななみ》ちゃんの顔色《かおいろ》も変《か》わる。

「……さっきお母《かあ》さんから連絡《れんらく》があって『本当《ほんとう》に残念《ざんねん》なのですが、高熱《こうねつ》で今日《きょう》はとても出演《しゅつえん》できそうにありません。申《もう》し訳《わけ》ありません』と……」

「加奈子《かなこ》ちゃん……あんなに練習《れんしゅう》していたのに……」

おじいちゃんの顔《かお》は蒼白《そうはく》だ。

「河合《かわい》さん。早《はや》く代《か》わりの子《こ》に連絡《れんらく》を……」

あまりのショックにテーブルに両手《りょうて》をついたおじいちゃんは、やがてしぼりだすような声《こえ》で言《い》った。

「いや……残念《ざんねん》だが、中止《ちゅうし》するしかないな」

「ちっ、中止《ちゅうし》って!?　河合《かわい》さん！　テレビ取材《しゅざい》も来《き》ているんですよ」

「加奈子《かなこ》ちゃんに代《か》わって八重《やえ》を演《えん》じられる子《こ》などいない……中止《ちゅうし》しかないだろう」

その声《こえ》の苦《くる》しさから、僕《ぼく》らにはおじいちゃんの気持《きも》ちがよくわかった。

チーフスタッフさんもガックリと肩《かた》を落《お》とす。

「河合《かわい》さんの劇《げき》は目玉《めだま》イベントだったのに……残念《ざんねん》ですね……」

おじいちゃんは唇《くちびる》をかんでいる。

「仕方《しかた》がありません。では、さっそく事務所《じむしょ》にステージの変更《へんこう》を——」

その時《とき》、チーフスタッフさんの声《こえ》をさえぎるように、透《す》き通《とお》る博多弁《はかたべん》が響《ひび》き渡《わた》った。


「主人公《しゅじんこう》をやれる女優《じょゆう》が一人《ひとり》いればいいと？」


僕《ぼく》らが振《ふ》り返《かえ》ると、女《おんな》の子《こ》が腰《こし》に両手《りょうて》をあててカッコよく立《た》っていた。

瞬間《しゅんかん》、下《した》から舞《ま》い上《あ》がるように突風《とっぷう》が吹《ふ》き、女《おんな》の子《こ》は舞《ま》う花《はな》びらで包《つつ》まれた。

茶色《ちゃいろ》がかった長《なが》い髪《かみ》が風《かぜ》になびき、大《おお》きな目《め》がきらりと光《ひか》る。

まるで全身《ぜんしん》から光《ひかり》の粒子《りゅうし》があふれ出《で》ているかのように輝《かがや》いている。

僕《ぼく》らはいっせいに叫《さけ》んだ。

『さっ、さくらちゃん!?』

あのスーパーアイドルの「森川《もりかわ》さくら」ちゃんがそこにいた！

さくらちゃんは芝生《しばふ》の上《うえ》を駆《か》けてきて、僕《ぼく》の目《め》の前《まえ》にすっと立《た》つ。

まるで桜《さくら》の精《せい》が目《め》の前《まえ》にふわっと舞《ま》い降《お》りたかのよう。

「ただいま！」

さくらちゃんは僕《ぼく》の目《め》をのぞきこんで、甘《あま》い声《こえ》でささやき、ニコッと笑《わら》った。

「おかっ……おかえり！　さくらちゃん！」

そう言《い》うのが精《せい》いっぱいだ。僕《ぼく》の心臓《しんぞう》が口《くち》から飛《と》び出《だ》しそう。

「昨日《きのう》、日本《にほん》に帰《かえ》ってきて佐川《さがわ》さんに電話《でんわ》したら、『今《いま》、T3《ティースリー》は会津若松《あいづわかまつ》へ行《い》っているよ』って教《おし》えてくれたの。だったら『突然《とつぜん》行《い》って驚《おどろ》かしちゃおう～』って、朝一番《あさいちばん》の新幹線《しんかんせん》で会津若松《あいづわかまつ》に来《き》たのっ！」

「ゆっ、雄太君《ゆうたくん》！　もっ、森川《もりかわ》さくらちゃんと知《し》り合《あ》いだったの!?」

驚《おどろ》きの声《こえ》をあげた航君《こうくん》に、僕《ぼく》は照《て》れながら説明《せつめい》する。

「実《じつ》はさくらちゃんは、T3《ティースリー》の特別《とくべつ》メンバーなんだよねぇ～」

さくらちゃんがうなずいて、航君《こうくん》を見《み》た。

「そうなの。こちらは？」

「航君《こうくん》。航君《こうくん》のおかげで僕《ぼく》らは会津若松《あいづわかまつ》に来《こ》られたんだよ」

「はじめまして。T3《ティースリー》の森川《もりかわ》さくらです」

さくらちゃんがすっと差《さ》し出《だ》した右手《みぎて》を航君《こうくん》は、信《しん》じられないという表情《ひょうじょう》で握《にぎ》り返《かえ》す。

スタッフの人《ひと》が、さくらちゃんに駆《か》け寄《よ》ったのはその時《とき》だ。

「もっ、もしかして、あのアイドルチーム『F5《エファ》』で、ハリウッド映画《えいが》に挑戦《ちょうせん》するためにアメリカへ渡《わた》った、森川《もりかわ》さくらさん!?」

さくらちゃんは右手《みぎて》をチョキにして、目元《めもと》に当《あ》てるお決《き》まりのポーズをする。

「YES《イエス》! That's《ザッツ》 right《ライト》!」(はい、その通《とお》りでーす)

なめらかな英語《えいご》がさくらちゃんの口《くち》から流《なが》れでる。アメリカ生活《せいかつ》で、英語《えいご》の発音《はつおん》はネイティブそのものだ。

「F5《エファ》の森川《もりかわ》さくら!? あの紅白歌合戦《こうはくうたがっせん》にも出《で》ていた!?」

突然《とつぜん》の有名人登場《ゆうめいじんとうじょう》に目《め》を丸《まる》くしたおじいちゃんに、さくらちゃんはペコリと頭《あたま》を下《さ》げた。

「……台本《だいほん》を見《み》せていただけませんか。せっかくみなさんが練習《れんしゅう》を重《かさ》ねてきたのに、中止《ちゅうし》なんて悲《かな》しすぎます。私《わたし》がどこまでできるかわかりませんが、誰《だれ》も他《ほか》にいないなら、その役《やく》を引《ひ》き受《う》けさせてもらえたらと思《おも》って。……これでも女優《じょゆう》としての最低限《さいていげん》の練習《れんしゅう》は積《つ》んできたつもりです」

「しかし……そんな急《きゅう》に……セリフもたくさんあるし――」

おじいちゃんの両手《りょうて》を、さくらちゃんはバシンとつかむ。

「完璧《かんぺき》にできるかどうかはわかりません。ご心配《しんぱい》なさるのも当然《とうぜん》だと思《おも》います。でも、私《わたし》、セリフを覚《おぼ》えるのには自信《じしん》があるんです。今日出《きょうで》られなかった加奈子《かなこ》さんのためにも、がんばりたいんです。……自分《じぶん》のせいですべてが中止《ちゅうし》になったと知《し》ったら、きっとすごく辛《つら》いと思《おも》うから。私《わたし》も舞台《ぶたい》に立《た》っているのでわかるんです、加奈子《かなこ》さんの気持《きも》ちが」

「……よし、あなたにかけよう。……お願《ねが》いできますか」

真剣《しんけん》な顔《かお》で言《い》うさくらちゃんを、おじいちゃんはじっと見《み》つめ、コクリとうなずいた。

「はい！」

テーブルにあった三十《さんじゅっ》ページほどの台本《だいほん》をとって、航君《こうくん》がさくらちゃんに手渡《てわた》す。

「ありがとうございます」

さくらちゃんはパラパラと目《め》を通《とお》した。

「これくらいなら、がんばれそう……」

さくらちゃんはそう言《い》って僕《ぼく》にぱちりとウインクした。撮影現場《さつえいげんば》では、セリフの変更《へんこう》がよくあるので、すぐに新《あたら》しいセリフを覚《おぼ》えられるようにいつも訓練《くんれん》しているんだって。

すぐにさくらちゃんは女優《じょゆう》モードに入《はい》り、椅子《いす》に座《すわ》って、台本《だいほん》を見《み》たままブツブツと言《い》いはじめた。

「よしっ、他《ほか》の出演者《しゅつえんしゃ》のフォローにまわろう。じゃあ、12時《じ》からみんなで通《とお》し稽古《げいこ》をするぞっ。さくらちゃん、それで大丈夫《だいじょうぶ》かい」

「はい。それまで集中《しゅうちゅう》します。どうぞよろしくお願《ねが》いします！」

さくらちゃんはスタッフさん全員《ぜんいん》に、ていねいに頭《あたま》を下《さ》げ、また台本《だいほん》に目《め》を走《はし》らせる。

やっぱり、さくらちゃんはすごいや。

周囲《しゅうい》の人《ひと》たちに興奮《こうふん》と勇気《ゆうき》を与《あた》え、雰囲気《ふんいき》を一気《いっき》に盛《も》り上《あ》げていくさくらちゃん。

そんなすごい女《おんな》の子《こ》が、僕《ぼく》らの仲間《なかま》であることが少《すこ》し誇《ほこ》らしかった。

9 飯盛山《いいもりやま》に登《のぼ》って……

お昼過《ひるす》ぎから行《おこな》われた航君《こうくん》のおじいちゃんの劇《げき》は大成功《だいせいこう》に終《お》わった。

さくらちゃんは八重《やえ》になりきり、おじいちゃんや他《ほか》の出演者《しゅつえんしゃ》さんたちを驚《おどろ》かせた。

SNS《エスエヌエス》にはいつの間《ま》にか「森川《もりかわ》さくらちゃんが出演《しゅつえん》するんだって！」というつぶやきが広《ひろ》がって、ステージ前《まえ》にはいつもの数倍《すうばい》の人《ひと》が集《あつ》まった。

そんなたくさんのお客《きゃく》さんの前《まえ》でも、八重《やえ》となったさくらちゃんは堂々《どうどう》とステージを走《はし》り回《まわ》った。

最後《さいご》は割《わ》れんばかりの拍手《はくしゅ》で会場《かいじょう》が包《つつ》まれ、湧《わ》き上《あ》がった「アンコール」の大合唱《だいがっしょう》に応《こた》え、さくらちゃんはおじいちゃんや他《ほか》の出演者《しゅつえんしゃ》さんたちと手《て》をつないで、何度《なんど》も舞台《ぶたい》に戻《もど》り、最高《さいこう》の笑顔《えがお》を振《ふ》りまいた。

劇《げき》の片《かた》づけが終《お》わると、おじいちゃんは僕《ぼく》らを飯盛山《いいもりやま》へ連《つ》れていってくれた。

少年《しょうねん》たちの白虎隊《びゃっこたい》が、自決《じけつ》した場所《ばしょ》だ。

これからの時代《じだい》、徳川体制《とくがわたいせい》では日本《にほん》が生《い》き残《のこ》れないと考《かんが》えた新政府側《しんせいふがわ》に対《たい》して、徳川家《とくがわけ》あっての会津藩《あいづはん》であるというのが藩《はん》の決《き》まりだった会津《あいづ》では、そのために戦《たたか》ったのだと、おじいちゃんは言《い》った。

どっちかが悪《わる》いわけではない。どちらも日本《にほん》のことを思《おも》って戦《たたか》ったんだと僕《ぼく》は思《おも》った。

飯盛山《いいもりやま》は、山《やま》そのものが桜色《さくらいろ》に染《そ》まるほど、満開《まんかい》の桜《さくら》で埋《う》めつくされている。

おじいちゃんを先頭《せんとう》に航君《こうくん》、大樹《たいき》、七海《ななみ》ちゃんが長《なが》い階段《かいだん》をタンタンと上《のぼ》っていく。

僕《ぼく》とさくらちゃんは最後《さいご》から二人《ふたり》でゆっくりついていった。

「きれいねえ、桜《さくら》……雄太君《ゆうたくん》とまた一緒《いっしょ》にこんな桜《さくら》が見《み》られるなんて……。思《おも》いきって、会津若松《あいづわかまつ》まで来《き》てよかった」

さくらちゃんがつぶやき、ニッコリ笑《わら》った。

「来《き》てくれてありがとう。……それに劇《げき》の代役《だいやく》までやってくれて……すごかったよ」

「正直言《しょうじきい》えばね、今《いま》すごくほっとしてるの。なんとかやりきれてよかったなって。……でも八重《やえ》を演《えん》じるのは楽《たの》しかったよ。演《えん》じることで、会津《あいづ》のことが少《すこ》しわかったような気《き》がするの。役《やく》が教《おし》えてくれることってあるんだよね……それに、雄太君《ゆうたくん》がとっても喜《よろこ》んでくれたし」

階段《かいだん》をすべて上《のぼ》りきると広場《ひろば》になっていて、順路《じゅんろ》は右奥《みぎおく》へと続《つづ》いていた。

細《ほそ》い通路《つうろ》の上《うえ》には、花《はな》のついた桜《さくら》の枝《えだ》が伸《の》びていた。まるで桜《さくら》のトンネルのよう。

「連絡《れんらく》もないし行方不明《ゆくえふめい》なんて噂《うわさ》まで流《なが》れて、どうしてるのかなって、ちょっと心配《しんぱい》していたんだ」

フフフッと笑《わら》ったさくらちゃんは、僕《ぼく》の顔《かお》を下《した》から無邪気《むじゃき》にのぞきこむ。

「雄太君《ゆうたくん》。うちのこと心配《しんぱい》してくれたと？」

博多弁《はかたべん》で言《い》うさくらちゃんに、僕《ぼく》は顔《かお》を真《ま》っ赤《か》にしてうなずく。

「あっ……あたりまえだよ……そんなの……」

不意《ふい》にさくらちゃんが僕《ぼく》の耳《みみ》に手《て》をあてて、小《ちい》さな声《こえ》でささやく。

「実《じつ》は映画出演《えいがしゅつえん》が決《き》まったの。だけど〝情報《じょうほう》が漏《も》れないように〟なにも言《い》えなかったのよ」

「そうだったのか〜。……えっ!?　ハリウッド映画《えいが》に出演《しゅつえん》が決《き》まったの!?」

僕《ぼく》が思《おも》わずさくらちゃんの顔《かお》を見直《みなお》すと、さくらちゃんは僕《ぼく》の口《くち》に人差《ひとさ》し指《ゆび》をあてて「しぃ〜」と言《い》い、ウインクした。そしてまた、耳元《みみもと》に手《て》をあて、ささやくように続《つづ》ける。

「だから、これは二人《ふたり》だけん内緒《ないしょ》の話《はなし》……」

さくらちゃんの息《いき》がかかって、僕《ぼく》の心臓《しんぞう》はドキドキだ。

「わっ、わかった……約束《やくそく》するよ！」

「雄太君《ゆうたくん》にだけ、打《う》ち明《あ》けたんだから」

さくらちゃんが僕《ぼく》の目《め》を見《み》てささやく。

「そんな大《おお》きな仕事《しごと》を前《まえ》に、日本《にほん》に帰《かえ》ってきてよかったの？」

「アメリカで働《はたら》くには『ビザ』っていう許可証《きょかしょう》が必要《ひつよう》なんだけど期限《きげん》があるから、たまに帰国《きこく》して更新《こうしん》の手続《てつづ》きをしないといけないの」

「じゃあ、一時帰国《いちじきこく》ってこと？」

柔《やわ》らかな笑《え》みを浮《う》かべ、さくらちゃんは、じっと僕《ぼく》の目《め》を見《み》つめる。

「こうしていると、日本《にほん》にずっといたくなっちゃうけど……」

その時《とき》、さくらちゃんは「あ〜」と思《おも》い出《だ》したような声《こえ》をあげた。

「なっ、なに？　さくらちゃん」

「今回《こんかい》、出演《しゅつえん》したご褒美《ほうび》は、なにがいいかなって思《おも》って……」

その顔《かお》は完全《かんぜん》にいたずらっ子《こ》。

「ご褒美《ほうび》って⁉」

「そうだなぁ……雄太君《ゆうたくん》によるツアーがいいー‼」

肩《かた》をすくめながら、さくらちゃんはククッとくったくなく笑《わら》った。

僕《ぼく》はこくんとうなずく。

「それならまかせておいてよ！　最高《さいこう》の電車《でんしゃ》ツアーを提供《ていきょう》するから！」

「お願《ねが》いね！　私《わたし》の添乗員《てんじょういん》さん！」

振《ふ》り返《かえ》ると、会津《あいづ》若松《わかまつ》の町《まち》が夕日《ゆうひ》でオレンジ色《いろ》に染《そ》まっている。

その中心《ちゅうしん》にある会津若松駅《あいづわかまつえき》から、フィィと汽笛《きてき》が聞《き》こえてきた。


（おしまい）

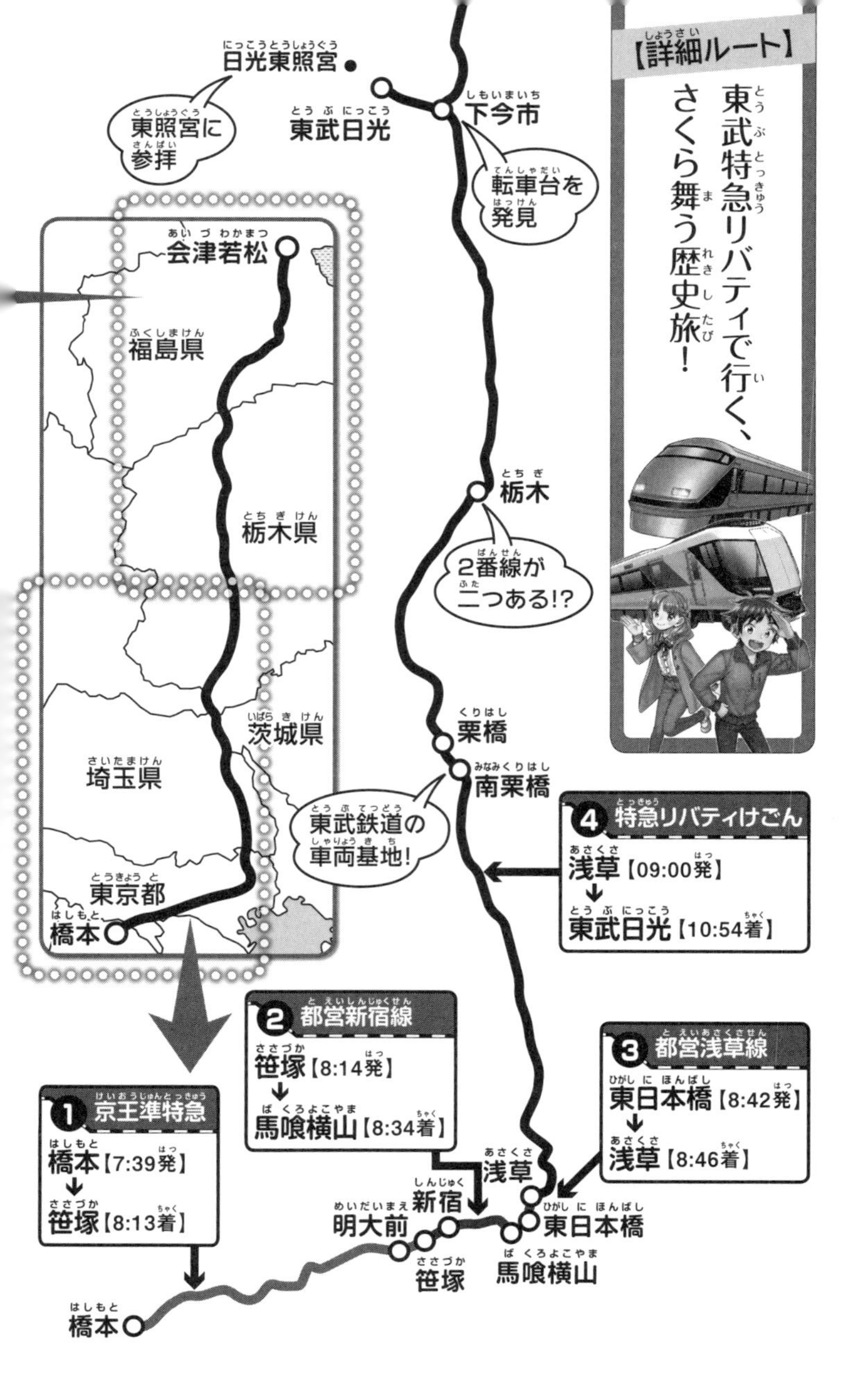
【詳細《しょうさい》ルート】
東武特急《とうぶとっきゅう》リバティで行《い》く、さくら舞《ま》う歴史旅《れきしたび》！
日光東照宮《にっこうとうしょうぐう》
東照宮《とうしょうぐう》に参拝《さんぱい》
東武日光《とうぶにっこう》
下今市《しもいまいち》
転車台《てんしゃだい》を発見《はっけん》
会津若松《あいづわかまつ》
福島県《ふくしまけん》
栃木県《とちぎけん》
栃木《とちぎ》
2番線《ばんせん》が二《ふた》つある!?
茨城県《いばらきけん》
埼玉県《さいたまけん》
栗橋《くりはし》
南栗橋《みなみくりはし》
東武鉄道《とうぶてつどう》の車両基地《しゃりょうきち》！
東京都《とうきょうと》
橋本《はしもと》
④ 特急《とっきゅう》リバティけごん
浅草《あさくさ》【09:00発《はつ》】
東武日光《とうぶにっこう》【10:54着《ちゃく》】
② 都営新宿線《とえいしんじゅくせん》
笹塚《ささづか》【8:14発《はつ》】
馬喰横山《ばくろよこやま》【8:34着《ちゃく》】
③ 都営浅草線《とえいあさくさせん》
東日本橋《ひがしにほんばし》【8:42発《はつ》】
浅草《あさくさ》【8:46着《ちゃく》】
① 京王準特急《けいおうじゅんとっきゅう》
橋本《はしもと》【7:39発《はつ》】
笹塚《ささづか》【8:13着《ちゃく》】
浅草《あさくさ》
新宿《しんじゅく》
明大前《めいだいまえ》
東日本橋《ひがしにほんばし》
笹塚《ささづか》
馬喰横山《ばくろよこやま》
橋本《はしもと》

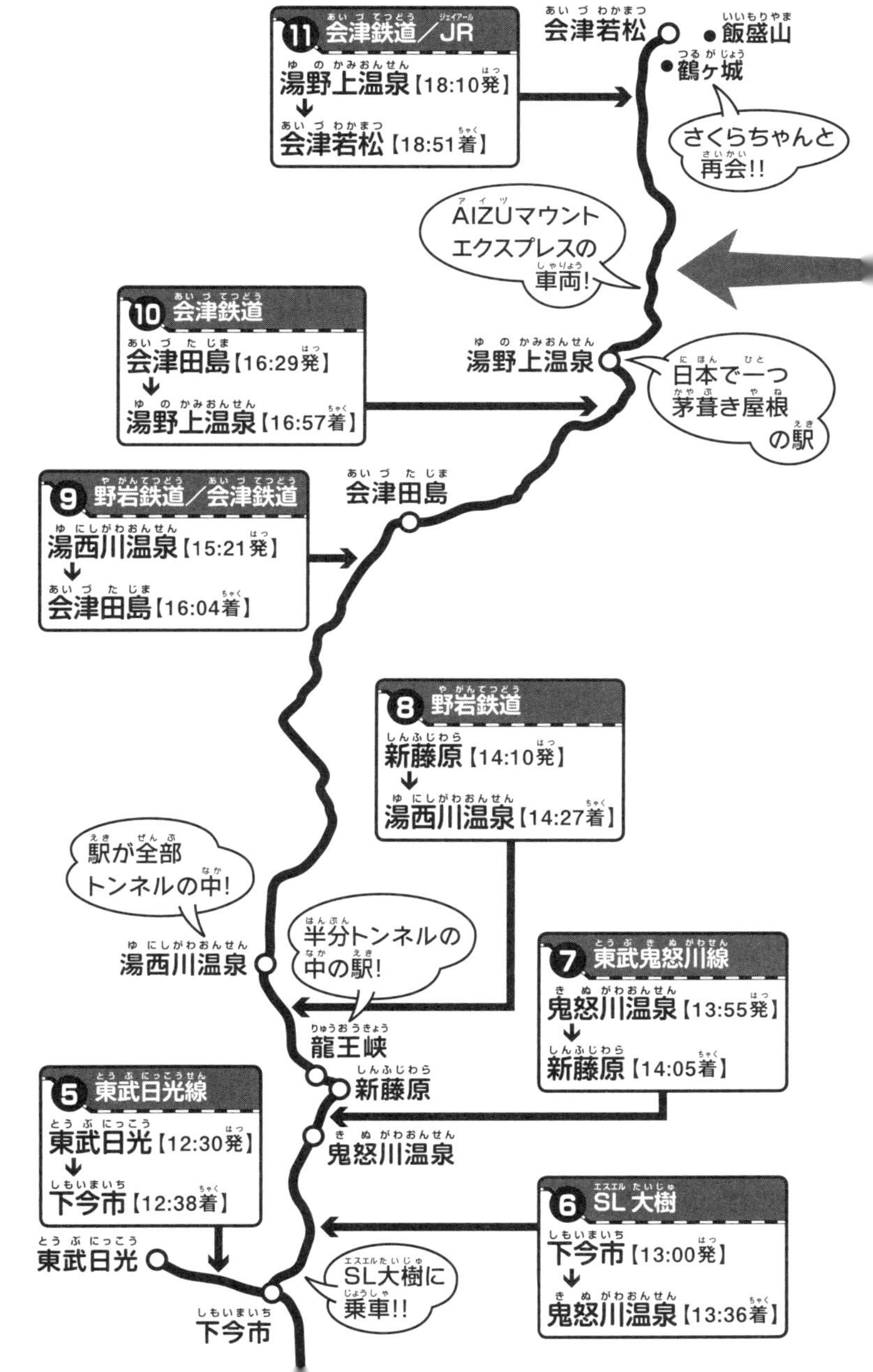

11 会津鉄道《あいづてつどう》／JR《ジェイアール》
湯野上温泉《ゆのかみおんせん》【18:10発《はつ》】
会津若松《あいづわかまつ》【18:51着《ちゃく》】
会津若松《あいづわかまつ》
飯盛山《いいもりやま》
鶴ヶ城《つるがじょう》
さくらちゃんと再会《さいかい》!!
AIZU《アイヅ》マウントエクスプレスの車両《しゃりょう》!
10 会津鉄道《あいづてつどう》
会津田島《あいづたじま》【16:29発《はつ》】
湯野上温泉《ゆのかみおんせん》【16:57着《ちゃく》】
湯野上温泉《ゆのかみおんせん》
日本《にほん》で一《ひと》つ茅葺《かやぶ》き屋根《やね》の駅《えき》
9 野岩鉄道《やがんてつどう》／会津鉄道《あいづてつどう》
湯西川温泉《ゆにしがわおんせん》【15:21発《はつ》】
会津田島《あいづたじま》【16:04着《ちゃく》】
会津田島《あいづたじま》
8 野岩鉄道《やがんてつどう》
新藤原《しんふじわら》【14:10発《はつ》】
湯西川温泉《ゆにしがわおんせん》【14:27着《ちゃく》】
駅《えき》が全部《ぜんぶ》トンネルの中《なか》!
湯西川温泉《ゆにしがわおんせん》
半分《はんぶん》トンネルの中《なか》の駅《えき》!
龍王峡《りゅうおうきょう》
7 東武鬼怒川線《とうぶきぬがわせん》
鬼怒川温泉《きぬがわおんせん》【13:55発《はつ》】
新藤原《しんふじわら》【14:05着《ちゃく》】
新藤原《しんふじわら》
鬼怒川温泉《きぬがわおんせん》
5 東武日光線《とうぶにっこうせん》
東武日光《とうぶにっこう》【12:30発《はつ》】
下今市《しもいまいち》【12:38着《ちゃく》】
6 SL《エスエル》大樹《たいじゅ》
下今市《しもいまいち》【13:00発《はつ》】
鬼怒川温泉《きぬがわおんせん》【13:36着《ちゃく》】
東武日光《とうぶにっこう》
SL《エスエル》大樹《たいじゅ》に乗車《じょうしゃ》!!
下今市《しもいまいち》

あとがき

いつも読《よ》んでくれてありがとう。作者《さくしゃ》の豊田巧《とよだたくみ》です。今回《こんかい》はみらい文庫《ぶんこ》のキャンペーンに応募《おうぼ》し、見事当選《みごととうせん》した河合航君《かわいこうくん》が『電車《でんしゃ》で行《い》こう！』にゲスト出演《しゅつえん》してくれました〜。

また、チャンスがあったら、みんなもガンガン応募《おうぼ》してね。

そして、久《ひさ》しぶりにさくらちゃんが復活《ふっかつ》したけど、ファンのみんなはどうだったかな？

しばらくは日本《にほん》にいる予定《よてい》なので、今後《こんご》のシリーズでの活躍《かつやく》も楽《たの》しみにしていてね。

さて、みんなも電車《でんしゃ》に乗《の》って旅行《りょこう》すると思《おも》うけど、今回《こんかい》のＴ３《ティースリー》のみんなみたいに、旅行《りょこう》先《さき》の歴史《れきし》なんかも勉強《べんきょう》していくと、もっと楽《たの》しくなるよ。愛知県《あいちけん》や滋賀県《しがけん》、大阪府《おおさかふ》などには戦国時代《せんごくじだい》に活躍《かつやく》した織田信長《おだのぶなが》、豊臣秀吉《とよとみひでよし》、徳川家康《とくがわいえやす》ゆかりの場所《ばしょ》があったり、高知県《こうちけん》、山口県《やまぐちけん》、鹿児島県《かごしまけん》には、坂本龍馬《さかもとりょうま》、西郷隆盛《さいごうたかもり》などの幕末《ばくまつ》の英雄《えいゆう》たちの足跡《そくせき》を見《み》られるからね。旅行《りょこう》には歴史《れきし》の本《ほん》を一冊《いっさつ》持《も》っていってみよう！

では、次回《じかい》の『電車《でんしゃ》で行《い》こう！』をお楽《たの》しみに！

集英社みらい文庫

電車《でんしゃ》で行《い》こう！

東武特急《とうぶとっきゅう》リバティで行《い》く、さくら舞《ま》う歴史旅《れきしたび》！

豊田《とよだ》 巧《たくみ》　作
裕龍《ゆうりゅう》ながれ　絵

ファンレターのあて先
〒101-8050　東京都千代田区一ツ橋 2-5-10　集英社みらい文庫編集部
いただいたお便りは編集部から先生におわたしいたします。

2018年5月29日　第1刷発行

発行者	北畠輝幸
発行所	株式会社 集英社 〒101-8050　東京都千代田区一ツ橋 2-5-10 電話　編集部 03-3230-6246 　　　読者係 03-3230-6080 　　　販売部 03-3230-6393（書店専用） http://miraibunko.jp
装丁	高橋俊之（ragtime）　中島由佳理
編集協力	五十嵐佳子
印刷	凸版印刷株式会社
製本	凸版印刷株式会社

★この作品はフィクションです。実在の人物・団体・事件などにはいっさい関係ありません。

ISBN978-4-08-321436-3　C8293　N.D.C.913　188P　18cm

※作品中の鉄道および電車の情報は2018年4月のものを参考にしています。
電車で行こう！　公式サイトはこちら!!　http://www.denshadeiko.com

第《だい》13作《さく》

ショートトリップ&《アンド》トリック！京王線《けいおうせん》で行《い》く高尾山《たかおさん》!!

ワープするおじいさんの謎《なぞ》を解《と》き明《あ》かせるか？

第《だい》14作《さく》

サンライズ出雲《いずも》と、夢《ゆめ》の一畑電車《いちばたでんしゃ》！

雄太《ゆうた》、「本物《ほんもの》」の電車《でんしゃ》を運転《うんてん》する!?

第《だい》15作《さく》

ハートのつり革《かわ》を探《さが》せ！駿豆線《すんずせん》とリゾート21で伊豆大探検《いずだいたんけん》!!

探《さが》し出《だ》せるか？発見確率《はっけんかくりつ》は2086分《ぶん》の1！

第《だい》16作《さく》

北陸新幹線《ほくりくしんかんせん》とアルペンルートで、極秘《ごくひ》の大脱出《だいだっしゅつ》！

鉄道《てつどう》ウラワザで追手《おって》から逃《に》げろ！

第《だい》17作《さく》

山手線《やまのてせん》で東《とう》京《きょう》・鉄道《てつどう》スポット探検《たんけん》！

年末年始《ねんまつねんし》の特別《とくべつ》な電車体験《でんしゃたいけん》！

第《だい》18作《さく》

川崎《かわさき》の秘境駅《ひきょうえき》と、京急線《けいきゅうせん》で桜前線《さくらぜんせん》を追《お》え！

雄太初《ゆうたはつ》の大《だい》ピンチ！新幹線《しんかんせん》に間《ま》に合《あ》わない!?

第《だい》19作《さく》

北海道新幹線《ほっかいどうしんかんせん》と函館本線《はこだてほんせん》の謎《なぞ》。時間《じかん》を超《こ》えたミステリー！

一《ひと》つの手《て》がかりから、函館《はこだて》の鉄道《てつどう》の謎《なぞ》を解《と》き明《あ》かせ！

第《だい》20作《さく》

約束《やくそく》の列車《れっしゃ》を探《さが》せ！真岡《もおか》鐵道《てつどう》とひみつのＳＬ《エスエル》

栃木《とちぎ》で「ふしぎな蒸気機関車《じょうききかんしゃ》」を探《さが》せ!!

第《だい》21作《さく》

絶景列車《ぜっけいれっしゃ》・伊予灘《いよなだ》ものがたりと、四国《しこく》一周《いっしゅう》の旅《たび》

宝《たから》の手《て》がかりを追《お》って、列車《れっしゃ》に乗《の》りまくれ！

第《だい》22作《さく》

黒《くろ》い新幹線《しんかんせん》に乗《の》って、行先《いきさき》不明《ふめい》のミステリーツアーへ

Ｔ３《ティースリー》初《はつ》！行先《いきさき》の分《わ》からない電車旅《でんしゃたび》！

第《だい》23作《さく》

小田急《おだきゅう》ロマンスカーと、迫《せま》る高速鉄道《こうそくてつどう》！

地下鉄《ちかてつ》から出発《しゅっぱつ》!?驚《おどろ》きの特急列車《とっきゅうれっしゃ》！

第《だい》24作《さく》

80円《えん》で関西《かんさい》一周《いっしゅう》!!駅弁《えきべん》食《く》いだおれ463.9km《キロメートル》!!!

関西《かんさい》のどこかにある駅弁《えきべん》を探《さが》し出《だ》せ！

スペシャル1

電車検定《でんしゃけんてい》電車《でんしゃ》で行《い》こう！スペシャル版《ばん》!!

Ｔ３&ＫＴＴ《ティースリーアンドケイティーティー》と一緒《いっしょ》に、電車《でんしゃ》の難問《なんもん》100問《もん》に挑戦《ちょうせん》！

スペシャル3

電車《でんしゃ》で行《い》こう！スペシャル版《ばん》!!つばさ事件簿《じけんぼ》～120円《えん》で新幹《しんかん》線《せん》に乗《の》れる!?～

日本一《にほんいち》のモグラ駅《えき》ってなんだ!?

最新刊《さいしんかん》

第《だい》25作《さく》

浅草《あさくさ》から会津《あいづ》へ！すごい列車《れっしゃ》の旅《たび》へ！

東武特急《とうぶとっきゅう》リバティで行《い》く、さくら舞《ま》う歴史旅《れきしたび》！

スペシャル2

スーパースタンプノート電車《でんしゃ》で行《い》こう！スペシャル版《ばん》!!

スタンプ100個《こ》集《あつ》めて、スタンプマスターになろう！

スペシャル4

新幹線検定《しんかんせんけんてい》電車《でんしゃ》で行《い》こう！スペシャル版《ばん》!!

新幹線《しんかんせん》の問題《もんだい》50問《もん》！全新幹線図鑑《ぜんしんかんせんずかん》も大迫力《だいはくりょく》!!

「みらい文庫《ぶんこ》」読者《どくしゃ》のみなさんへ

言葉《ことば》を学《まな》ぶ、感性《かんせい》を磨《みが》く、創造力《そうぞうりょく》を育《はぐく》む……、読書《どくしょ》は「人間力《にんげんりょく》」を高《たか》めるために欠《か》かせません。たった一枚《いちまい》のページをめくる向《む》こう側《がわ》に、未知《みち》の世界《せかい》、ドキドキのみらいが無限《むげん》に広《ひろ》がっている。これこそが「本《ほん》」だけが持《も》っているパワーです。

学校《がっこう》の朝《あさ》の読書《どくしょ》に、休《やす》み時間《じかん》に、放課後《ほうかご》に……。いつでも、どこでも、すぐに続《つづ》きを読《よ》みたくなるような、魅力《みりょく》に溢《あふ》れる本《ほん》をたくさん揃《そろ》えていきたい。読書《どくしょ》がくれる、心《こころ》がきらきらしたり胸《むね》がきゅんとする瞬間《しゅんかん》を体験《たいけん》してほしい、楽《たの》しんでほしい。みらいの日本《にほん》、そして世界《せかい》を担《にな》うみなさんが、やがて大人《おとな》になった時《とき》、「読書《どくしょ》の魅力《みりょく》を初《はじ》めて知《し》った本《ほん》」「自分《じぶん》のおこづかいで初《はじ》めて買《か》った一冊《いっさつ》」と思《おも》い出《だ》してくれるような作品《さくひん》を一所懸命《いっしょけんめい》、大切《たいせつ》に創《つく》っていきたい。

そんないっぱいの想《おも》いを込《こ》めながら、作家《さっか》の先生方《せんせいがた》と一緒《いっしょ》に、私《わたし》たちは素敵《すてき》な本作《ほんづく》りを続《つづ》けていきます。「みらい文庫《ぶんこ》」は、無限《むげん》の宇宙《うちゅう》に浮《う》かぶ星《ほし》のように、夢《ゆめ》をたたえ輝《かがや》きながら、次々《つぎつぎ》と新《あたら》しく生《う》まれ続《つづ》けます。

本《ほん》を持《も》つ、その手《て》の中《なか》に、ドキドキするみらい――。

本《ほん》の宇宙《うちゅう》から、自分《じぶん》だけの健《すこ》やかな空想力《くうそうりょく》を育《そだ》て、〝みらいの星《ほし》〟をたくさん見《み》つけてください。

そして、大切《たいせつ》なこと、大切《たいせつ》な人《ひと》をきちんと守《まも》る、強《つよ》くて、やさしい大人《おとな》になってくれることを心《こころ》から願《ねが》っています。

2011年《ねん》　春《はる》

集英社《しゅうえいしゃ》みらい文庫編集部《ぶんこへんしゅうぶ》